Prix : **60** centimes.

AUTEURS CÉLÈBRES

Victor HUGO

LÉGENDE

DU

BEAU PÉCOPIN

ET DE

LA BELLE BAULDOUR

PARIS

AIRIE MARPON & FLAMMARION

E. FLAMMARION, ÉDITEUR

26, RUE RACINE, PRÈS L'ODÉON

LÉGENDE
DU BEAU PÉCOPIN

ET DE

LA BELLE BAULDOUR

ÉMILE COLIN — IMPRIMERIE DE LAGNY

VICTOR HUGO

LÉGENDE

DU

BEAU PÉCOPIN

ET DE

LA BELLE BAULDOUR

PARIS

LIBRAIRIE MARPON ET FLAMMARION

E. FLAMMARION, SUCCr

26, RUE RACINE, PRÈS L'ODÉON

PRÉFACE

Je vous avais promis quelqu'une des légendes fameuses du Falkenburg, peut-être même la plus belle, la sombre aventure de Guntram et de Liba. Mais j'ai réfléchi. A quoi bon vous conter des contes que le premier recueil venu vous contera, et vous contera mieux que moi? Puisque vous voulez absolument des histoires pour vos petits-enfants, en voici une, mon ami. C'est une légende que du moins vous ne trouverez dans aucun légendaire. Je vous l'envoie telle que je l'ai écrite sous les murailles mêmes du manoir écroulé, avec la fantastique forêt de Sonn sous les yeux, et, à ce qu'il me semblait, sous la dictée même des arbres, des oiseaux et du vent des ruines. Je venais de causer avec le vieux soldat français qui s'est fait chevrier dans ces

montagnes, et qui est devenu presque sauvage et
presque sorcier; singulière fin pour un tambour-
maître du trente-septième léger! Ce brave homme,
ancien enfant de troupe dans les armées voltairiennes
de la République, m'a paru croire aujourd'hui aux
fées et aux gnomes comme il a cru jadis à l'empereur. La solitude agit toujours ainsi sur l'intelligence; elle développe la poésie qui est toujours dans
l'homme; tout pâtre est rêveur.

J'ai donc écrit ce conte bleu dans le lieu même,
caché dans le ravin-fossé, assis sur un bloc qui a été
un rocher jadis, qui a été une tour au douzième
siècle et qui est redevenu un rocher, cueillant de
temps en temps, pour en aspirer l'âme, une fleur
sauvage, un de ces liserons qui sentent si bon et qui
meurent si vite, et regardant tour à tour l'herbe
verte et le ciel radieux, pendant que de grandes
nues d'or se déchiraient aux sombres ruines du Falkenburg.

Cela dit, voici l'histoire.

Bingen, août.

TABLE DES CHAPITRES

LÉGENDE
DU BEAU PÉCOPIN

ET

DE LA BELLE BAULDOUR

I

LÉGENDE

Le beau Pécopin aimait la belle Bauldour,
et la belle Bauldour aimait le beau Pécopin.
Pécopin était fils du burgrave de Sonneck, et
Bauldour était fille du sire de Falkenburg.
L'un avait la forêt, l'autre avait la montagne.
Or quoi de plus simple que de marier la
montagne à la forêt? Les deux pères s'en-
tendirent, et l'on fiança Bauldour à Pécopin.

Ce jour-là, c'était un jour d'avril, les su-
reaux et les aubépines en fleur s'ouvraient
au soleil dans la forêt; mille petites cascades

charmantes, neiges et pluies changées en
ruisseaux, horreurs de l'hiver devenues les
grâces du printemps, sautaient harmonieu-
sement dans la montagne, et l'amour, cet
avril de l'homme, chantait, rayonnait et s'épa-
nouissait dans le cœur des deux fiancés.

Le père de Pécopin, vieux et vaillant
chevalier, l'honneur du Nahegau, mourut
quelque temps après les accordailles, en bé-
nissant son fils et en lui recommandant Bauldour. Pécopin pleura, puis peu à peu, de la
tombe où son père avait disparu, ses yeux se
reportèrent au doux et radieux visage de sa
fiancée, et il se consola. Quand la lune se
lève, songe-t-on au soleil couché ?

Pécopin avait toutes les qualités d'un gentilhomme, d'un jeune homme et d'un homme.
Bauldour était une reine dans le manoir, une
sainte vierge à l'église, une nymphe dans les
bois, une fée à l'ouvrage.

Pécopin était grand chasseur, et Bauldour
était belle fileuse. Or, il n'y a pas de haine
entre le fuseau et la carnassière. La fileuse
file pendant que le chasseur chasse. Il est
absent, la quenouille console et désennuie.
La meute qui est au loin et qu'on entend à
peine, mêlée au cor et perdue profondément
dans les halliers, dit tout bas avec un vague
bruit de fanfare : Songe à ton amant. Le
rouet, qui force la belle rêveuse à baisser les
yeux, dit tout haut et sans cesse avec sa

petite voix douce et sévère : Songe à ton mari. Et quand le mari et l'amant ne font qu'un, tout va bien.

Mariez donc la fileuse au chasseur et ne craignez rien.

Cependant, je dois le dire, Pécopin aimait trop la chasse. Quand il était sur son cheval, quand il avait le faucon au poing ou quand il suivait le tartaret du regard, quand il entendait le jappement féroce de ses limiers aux jambes torses, il partait, il volait, il oubliait tout. Or en aucune chose il ne faut excéder. Le bonheur est fait de modération. Tenez en équilibre vos goûts et en bride vos appétits. Qui aime trop les chevaux et les chiens fâche les femmes ; qui aime trop les femmes fâche Dieu.

Lorsque Bauldour, et cela arrivait souvent, lorsque Bauldour voyait Pécopin prêt à partir sur son cheval hennissant de joie et plus fier que s'il eût porté Alexandre le Grand en habits impériaux, lorsqu'elle voyait Pécopin le flatter, lui passer la main sur le cou, et, éloignant l'éperon du flanc, présenter au palefroi un bouquet d'herbe pour le rafraîchir, Bauldour était jalouse du cheval. Quand Bauldour, cette noble et fière demoiselle, cet astre d'amour, de jeunesse et de beauté, voyait Pécopin caresser son dogue et approcher amicalement de son charmant et mâle visage cette tête camuse, ces gros naseaux,

ces larges oreilles et cette gueule noire,
Bauldour était jalouse du chien.

Elle rentrait dans sa chambre secrète,
courroucée et triste, et elle pleurait. Puis elle
grondait ses servantes, elle grondait son
nain. Car la colère chez les femmes est
comme la pluie dans la forêt ; elle tombe
deux fois. *Bis pluit*.

Le soir, Pécopin arrivait poudreux et fatigué. Bauldour boudait et murmurait un peu
avec une larme dans le coin de son œil bleu.
Mais Pécopin baisait sa petite main, et elle
se taisait ; Pécopin baisait son beau front, et
elle souriait.

Le front de Bauldour était blanc, pur et
admirable comme la trompe d'ivoire du roi
Charlemagne.

Puis elle se retirait dans sa tourelle, et
Pécopin dans la sienne. Elle ne souffrait
jamais que ce chevalier lui prît la ceinture.
Un soir, il lui pressa légèrement le coude, et
elle rougit très fort. Elle était fiancée, et non
mariée. Pudeur est à la femme ce que che-
valerie est à l'homme.

II

L'OISEAU PHÉNIX ET LA PLANÈTE VÉNUS

Ils s'adoraient,

Pécopin avait dans la salle d'armes, à Sonneck, une grande peinture dorée représentant le ciel et les neuf cieux, chaque planète avec sa couleur propre et son nom écrit en vermillon à côté d'elle ; Saturne blanc plombé ; Jupiter clair, mais enflambé et un peu sanguin ; Vénus l'orientale embrasée ; Mercure étincelant ; la Lune avec sa glace argentine ; le Soleil tout feu rayonnant. Pécopin effaça le nom de Vénus et écrivit en place *Bauldour*.

Bauldour avait dans sa chambre aux parfums une tapisserie de haute lisse où était figuré un oiseau de la grandeur d'un aigle, avec le tour du cou doré, le corps de couleur poupre, la queue blanche mêlée de pennes incarnates, et sur la tête des crêtes surmontées d'une houppe de plumes. Au-dessous de cet oiseau merveilleux l'ouvrier avait écrit ce mot grec : *Phénix*. Bauldour effaça ce mot et broda à la place ce nom : *Pécopin*.

Cependant le jour fixé pour les noces approchait. Pécopin en était joyeux, et Bauldour en était heureuse.

Il y avait dans la vénerie de Sonneck un piqueur, drôle fort habile, de libre parole et de malicieux conseil, qui s'appelait Érilangus. Cet homme, jadis fort bel archer, avait été recherché en mariage par plusieurs paysannes du pays de Lorch ; mais il avait rebuté les épouses et s'était fait valet de chiens. Un jour que Pécopin lui en demandait la raison, Érilangus répondit : *Monseigneur, les chiens ont sept espèces de rage, les femmes en ont mille.* Un autre jour, apprenant les prochaines noces de son maître, il vint à lui hardiment et lui dit : *Sire, pourquoi vous mariez-vous ?* Pécopin chassa ce valet.

Cela eût pu inquiéter le chevalier, car Érilangus était un esprit subtil et une longue mémoire. Mais la vérité est que ce valet s'en alla à la cour du marquis de Lusace, où il devint premier veneur, et que Pécopin n'en entendit plus parler.

La semaine qui devait précéder le mariage, Bauldour filait dans l'embrasure d'une

fenêtre. Son nain vint l'avertir que Pécopin
montait l'escalier. Elle voulut courir au-de-
vant de son fiancé, et, en sortant de sa chaise
qui était à dossier droit et sculpté, son pied
s'embarrassa dans le fil de sa quenouille.
Elle tomba. La pauvre Bauldour se releva.
Elle ne s'était fait aucun mal, mais elle se
souvint qu'un accident pareil était arrivé
jadis à la châtelaine Liba, et elle se sentit le
cœur serré.

Pécopin entra rayonnant, lui parla de leur
mariage et de leur bonheur, et le nuage
qu'elle avait dans l'âme s'envola.

III

OÙ EST EXPLIQUÉE LA DIFFÉRENCE QU'IL Y A ENTRE L'OREILLE D'UN JEUNE HOMME ET L'OREILLE D'UN VIEILLARD

Le lendemain de ce jour-là Bauldour filait
dans sa chambre et Pécopin chassait dans le
bois. Il était seul et n'avait avec lui qu'un
chien. Tout en suivant le hasard de la chasse,

il arriva près d'une métairie qui était à l'entrée de la forêt de Sonn et qui marquait la limite des domaines de Sonneck et de Falkenburg. Cette métairie était ombragée, à l'orient, par quatre grands arbres, un frêne, un orme, un sapin et un chêne, qu'on appelait dans le pays les *quatre Évangélistes*. Il paraît que c'étaient des arbres fées. Au moment où Pécopin passait sous leur ombre, quatre oiseaux étaient perchés sur ces quatre arbres, un geai sur le frêne, un merle sur l'orme, une pie sur le sapin et un corbeau sur le chêne. Les quatre ramages de ces quatre bêtes emplumées se mêlaient d'une façon bizarre et semblaient par instants s'interroger et se répondre. On entendait en outre un pigeon, qu'on ne voyait pas parce qu'il était dans le bois, et une poule, qu'on ne voyait pas, parce qu'elle était dans la basse-cour de la ferme. Quelques pas plus loin, un vieillard tout courbé rangeait le long d'un mur des souches pour l'hiver. Voyant approcher Pécopin, il se retourna et se redressa :

— Sire chevalier, s'écria-t-il, entendez-vous ce que disent ces oiseaux ?

— Bonhomme, répondit Pécopin, que m'importe ?

— Sire, reprit le paysan, pour le jeune homme, le merle siffle, le geai garrule, la pie glapit, le corbeau croasse, le pigeon roucoule.

la poule glousse ; pour le vieillard, les oiseaux parlent.

Le chevalier éclata de rire.

— Pardieu ! voilà des rêveries.

Le vieillard repartit gravement :

— Vous avez tort, sire Pécopin.

— Vous ne m'avez jamais vu, s'écria le jeune homme ; comment savez-vous mon nom ?

— Ce sont les oiseaux qui le disent, répondit le paysan.

— Vous êtes un vieux fou, brave homme, dit Pécopin.

Et il passa outre.

Environ une heure après, comme il traversait une clairière, il entendit une sonnerie de cor et il vit paraître dans la futaie une belle troupe de cavaliers ; c'était le comte palatin qui allait en chasse, accompagné des burgraves, qui sont les comtes des châteaux ; des wildgraves, qui sont les comtes des forêts ; des landgraves, qui sont les comtes des terres ; des rhingraves, qui sont les comtes du Rhin ; et des raugraves qui sont les comtes du droit du poing. Un cavalier gentilhomme du pfalzgraf, nommé Gaïrefroi, aperçut Pécopin et lui cria :

— Holà, beau chasseur ! ne venez-vous pas avec nous ?

— Où allez-vous ? dit Pécopin.

— Beau chasseur, répondit Gaïrefroi, nous allons chasser un milan qui est à

Heimburg et qui détruit nos faisans ; nous allons chasser un vautour qui est à Vaugstberg et qui extermine nos lanerets ; nous allons chasser un aigle qui est à Rheinstein et qui tue nos émerillons. Venez avec nous.

— Quand serez-vous de retour ? demanda Pécopin.

— Demain, dit Gaïrefroi.

— Je vous suis, dit Pécopin.

La chasse dura trois jours. Le premier jour Pécopin tua le milan, le second jour Pécopin tua le vautour, le troisième jour, Pécopin tua l'aigle. Le comte palatin s'émerveilla d'un si excellent archer.

— Chevalier de Sonneck, lui dit-il, je te donne le fief de Rhineck, mouvant de ma tour de Gutenfels. Tu vas me suivre à Stahleck pour recevoir l'investiture et me prêter le serment d'allégeance, en mail public et en présence des échevins, *in mallo publico et coram scabinis*, comme disent les chartes du saint empereur Charlemagne.

Il fallait obéir. Pécopin envoya à Bauldour un message dans lequel il lui annonçait tristement que la gracieuse volonté du pfalzgraf l'obligeait de se rendre sur-le-champ à Stahleck pour une très grande et très grosse affaire.

— Soyez tranquille, madame ma mie, ajoutait-il en terminant, je serai de retour le mois prochain.

Le messager parti, Pécopin suivit le palatin et alla coucher, avec les chevaliers de la
suite du prince, dans la châtellenie basse à
Bacharach. Cette nuit-là il eut un rêve. Il
revit en songe l'entrée de la forêt de Sonneck, la métairie, les quatre arbres et les
quatre oiseaux ; les oiseaux ne criaient, ni ne
sifflaient, ni ne chantaient, ils parlaient. Leur
ramage, auquel se mêlaient les voix de la
poule et du pigeon, s'était changé en cet
étrange dialogue, que Pécopin endormi entendit distinctement :

LE GEAI

Le pigeon est au bois.

LE MERLE

La poule dans la cour

Va disant : Pécopin.

LE GEAI

Le pigeon dit : Bauldour.

LE CORBEAU

Le sire est en chemin.

LA PIE

La dame est dans la tour.

LE GEAI

Reviendra-t-il d'Alep ?

LE MERLE

De Fez ?

LE CORBEAU

De Damanhour ?

LA PIE

La poule a parié contre, et le pigeon pour.

LA POULE

Pécopin ! Pécopin !

LE PIGEON

Bauldour ! Bauldour ! Bauldour !

Pécopin se réveilla, il avait une sueur froide ; dans le premier moment, il se rappela le vieillard, et il s'épouvanta, sans savoir pourquoi, de ce rêve, et de ce dialogue, puis il chercha à comprendre, mais il ne comprit pas, puis il se rendormit, et le lendemain, quand le jour parut, quand il revit le beau soleil qui chasse les spectres, dissipe les songes et dore les fumées, il ne songea plus ni aux quatre arbres ni aux quatre oiseaux.

IV

OU IL EST TRAITÉ DES DIVERSES QUALITÉS PROPRES AUX DIVERSES AMBASSADES

Pécopin était un gentilhomme de renommée, de race, d'esprit et de mine. Une fois

introduit à la cour du pfalzgraf, il plut à ce
point à ce palatin, que ce digne prince lui dit
un jour :

— Ami, j'envoie une ambassade à mon
cousin de Bourgogne, et je t'ai choisi pour
ambassadeur, à cause de ta gentille renommée.

Pécopin dut faire ce que voulait son prince.
Arrivé à Dijon, il se fit si bien distinguer par
sa belle parole, que le duc lui dit un soir
après avoir vidé trois larges verres de vin
de Bacharach :

— Sire Pécopin, vous êtes notre ami ; j'ai
quelque démêlé de bec avec monseigneur le
roi de France, et le comte palatin permet
que je vous envoie près du roi, car je vous
ai choisi pour ambassadeur, à cause de votre
grande race.

Pécopin se rendit à Paris. Le roi le goûta
fort, et, le prenant à part un matin :

— Pardieu, chevalier Pécopin, lui dit-il,
puisque le palatin vous a prêté au bourguignon pour le service de la Bourgogne, le
bourguignon vous prêtera bien au roi de
France pour le service de la chrétienté. J'ai
besoin d'un très noble seigneur qui aille faire
certaines remontrances de ma part au miramolin des Maures en Espagne, et je vous ai
choisi pour ambassadeur à cause de votre
bel esprit.

On peut refuser son vote à l'empereur, on

peut refuser sa femme au pape ; on ne refuse
rien au roi de France. Pécopin fit route pour
l'Espagne. A Grenade, le miramolin l'ac-
cueillit à merveille et l'invita aux zambras de
l'Alhambra. Ce n'étaient chaque jour que
fêtes, courses de cannes et de lances et
chasses au faucon, et Pécopin y prenait part
en grand jouteur et en grand chasseur qu'il
était. En sa qualité de moricaud, le miramolin avait de bons lancrets, d'excellents
sacrets et d'admirables tuniciens, et il y eut
à ces chasses les plus belles volées imagi-
nables. Cependant Pécopin n'oublia pas de
faire les affaires du roi de France. Quand la
négociation fut terminée, le chevalier se
présenta chez le sultan pour lui faire ses
adieux.

— Je reçois vos adieux, sire chrétien, dit
le miramolin, car vous allez en effet partir
tout de suite pour Bagdad.

— Pour Bagdad ! s'écria Pécopin.

— Oui, chevalier, reprit le prince maure ;
car je ne puis signer le traité avec le roi de
Paris sans le consentement du calife de
Bagdad, qui est commandeur des croyants ;
il me faut envoyer quelqu'un de considérable auprès du calife, et je vous ai choisi
pour ambassadeur à cause de votre bonne
mine.

Quand on est chez les Maures, on va où
veulent les Maures. Ce sont des chiens et des

infidèles. Pécopin alla à Bagdad. Là, il eut
une aventure. Un jour qu'il passait sous les
murs du sérail, la sultane favorite le vit, et,
comme il était beau, triste et fier, elle se prit
d'amour pour lui. Elle lui envoya une esclave
noire qui parla au chevalier dans le jardin
de la ville à côté du grand tilleul microphylla
qu'on y voit encore, et qui lui remit un talisman en lui disant : — Ceci vient d'une prin-
cesse qui vous aime et que vous ne verrez jamais. Gardez ce talisman. Tant que vous le
porterez sur vous, vous serez jeune. Quand
vous serez en danger de mort, touchez-le, et
il vous sauvera.

Pécopin, à tout hasard, accepta le talisman, qui était une fort belle turquoise in-
crustée de caractères inconnus. Il l'attacha à
sa chaîne de cou.

— Maintenant, monseigneur, ajouta l'esclave en le quittant, prenez garde à ceci : tant
que vous aurez cette turquoise à votre cou,
vous ne vieillirez pas d'un jour ; si vous la
perdez, vous vieillirez en une minute de
toutes les années que vous aurez laissées derrière vous. Adieu, beau giaour.

Cela dit, la négresse s'en alla. Cependant
le calife avait vu l'esclave de la sultane ac-
coster le chevalier chrétien. Ce calife était
fort jaloux et un peu magicien. Il convia Pécopin à une fête, et, la nuit venue, il condui-
sit le chevalier sur une haute tour. Pécopin,

sans y prendre garde, s'était avancé fort près du parapet, qui était très bas, et le calife lui parla ainsi :

— Chevalier, le comte palatin t'a envoyé au duc de Bourgogne à cause de ta noble renommée, le duc de Bourgogne t'a envoyé au roi de France à cause de ta grande race, le roi de France t'a envoyé au miramolin de Grenade à cause de ton bel esprit, le miramolin de Grenade t'a envoyé au calife de Bagdad à cause de ta bonne mine ; moi, à cause de ta bonne renommée, de ta grande race, de ton bel esprit et de ta bonne mine, je t'envoie au diable.

En prononçant ce dernier mot, le calife poussa violemment Pécopin, qui perdit l'équilibre et tomba du haut de la tour.

V

BON EFFET D'UNE BONNE PENSÉE

Quand un homme tombe dans un gouffre, c'est un terrible éclair que celui qui frappe

sa paupière en ce moment-là, et qui lui
montre à la fois la vie dont il va sortir et la
mort où il va entrer. Dans cette minute
suprême, Pécopin, éperdu, envoya sa dernière pensée à Bauldour et mit sa main à son
cœur ; ce qui fit que, sans y songer, il toucha
le talisman. A peine eut-il effleuré du doigt
la turquoise magique qu'il se sentit emporté
comme par des ailes. Il ne tombait plus. Il
planait. Il vola ainsi toute la nuit. Au moment
où le jour paraissait, la main invisible qui le
soutenait le déposa sur une grève solitaire,
au bord de la mer.

VI

OU L'ON VOIT QUE LE DIABLE LUI-MÊME
A TORT D'ÊTRE GOURMAND

Or, en ce temps-là même, il était arrivé au
diable une aventure désagréable et singulière. Le diable a coutume d'emporter les
âmes qui sont à lui dans une hotte, ainsi que

2

cela peut se voir sur le portail de la cathé-
drale de Fribourg en Suisse, où il est figuré
avec un tête de porc sur les épaules, un croc
à la main et une hotte de chiffonnier sur le
dos ; car le démon trouve et ramasse les
âmes des méchants dans les tas d'ordures
que le genre humain dépose au coin de
toutes les grandes vérités terrestres ou divines. Le diable n'avait pas l'habitude de
fermer sa hotte, ce qui fait que beaucoup
d'âmes s'échappaient, grâce à la céleste
malice des anges. Le diable s'en aperçut et
mit à sa hotte un bon couvercle orné d'un
bon cadenas. Mais les âmes, qui sont fort
subtiles, furent peu gênées du couvercle, et,
aidées par les petits doigts roses des chéru-
bins, trouvèrent encore moyen de s'enfuir par
les claires-voies de la hotte. Ce que voyant,
le diable, fort dépité, tua un dromadaire, et
de la peau de la bosse se fit une outre qu'il
sut clore merveilleusement avec l'assistance
du démon Hermès, et de laquelle il se sentait
plus joyeux quand elle était remplie d'âmes
qu'un écolier d'une bourse remplie de sequins d'or. C'est ordinairement dans la haute
Égypte, sur les bords de la mer Rouge, que
le diable, après avoir fait sa tournée dans le
pays des païens et des mécréants, remplit
cette outre. Le lieu est fort désert ; c'est une
grève de sable près d'un petit bois de palmiers qui est situé entre Coma, où est né

saint Antoine, et Clisma, où est mort saint Sisoës.

Un jour donc que le diable avait fait encore meilleure chasse qu'à l'ordinaire, il remplissait gaiment son outre, lorsque, se retournant par hasard, il vit à quelques pas de lui un ange qui le regardait en souriant. Le diable haussa les épaules et continua d'empiler dans ce sac les âmes qu'il avait, les épluchant fort peu, je vous jure ; car tout est assez bon pour cette chaudière-là. Quand il eut fini, il empoigna l'outre d'une main pour la charger sur ses épaules ; mais il lui fut impossible de la lever du sol, tant il avait mis d'âmes et tant les iniquités dont elles étaient chargées les rendaient lourdes et pesantes. Il saisit alors cette besace d'enfer à deux bras ; mais le second effort fut aussi inutile que le premier ; l'outre ne bougea pas plus que si elle eût été la tête d'un rocher sortant de terre.

— Oh ! âmes de plomb ! dit le diable.

Et il se prit à jurer. En se retournant, il vit le bel ange qui le regardait en riant.

— Que fais-tu là ? cria le démon.

— Tu le vois, dit l'ange, je souriais tout à l'heure, et à présent je ris.

— Oh ! céleste volaille ! grand innocent, va ! répliqua Asmodée.

Mais l'ange devint sévère, et lui parla ainsi :

— Dragon, voici les paroles que je te dis
de la part de celui qui est le Seigneur : tu ne
pourras emporter cette charge d'âmes dans
la géhenne tant qu'un saint du paradis ou un
chrétien tombé du ciel ne t'aura pas aidé à la
soulever de terre et à la poser sur tes épaules.

Cela dit, l'ange ouvrit ses ailes d'aigle et
s'envola.

Le diable était fort empêché.

— Que veut dire cet imbécile ? gromme-
lait-il entre ses dents. Un saint du paradis ?
ou un chrétien tombé du ciel ? J'attendrai
longtemps si je dois rester là jusqu'à ce
qu'une pareille assistance m'arrive ! Pourquoi diantre aussi ai-je si outrageusement
bourré cette sacoche ? Et ce niais, qui n'est
ni homme ni oiseau, se burlait de moi !
Allons ! il faut maintenant que j'attende le
saint qui viendra du paradis ou le chrétien
qui tombera du ciel. Voilà une stupide histoire, et il faut convenir qu'on s'amuse de
peu de chose là-haut !

Pendant qu'il se parlait ainsi à lui-même,
les habitants de Coma et de Clisma croyaient
entendre le tonnerre gronder sourdement à
l'horizon. C'était le diable qui bougonnait.

Pour un charretier embourbé, jurer est
quelque chose ; mais sortir de l'ornière, c'est
encore mieux. Le pauvre diable se creusait
la tête et rêvait. C'est un drôle fort adroit que
celui qui a perdu Ève. Il entre partout. Quand

il veut, de même qu'il se glisse dans l'amour,
il se glisse dans le paradis. Il a conservé des
relations avec saint Cyprien le magicien, et
il sait à l'occasion se faire bien venir des
autres saints, tantôt en leur rendant de
petits services mystérieux, tantôt en leur
disant des paroles agréables. Il sait, ce grand
savant, la conversation qui plaît à chacun. Il
les prend tous par leur faible. Il apporte à
saint Robert d'York des petits pains d'avoine
au beurre. Il cause orfèvrerie avec saint Éloi
et cuisine avec saint Théodore. Il parle au
saint évêque Germain du roi Childebert, au
saint abbé Wandrille du roi Dagobert, et au
saint eunuque Usthazade du roi Sapor. Il
parle à saint Paul le Simple de saint Antoine, et il parle à saint Antoine de son co-
chon. Il parle à saint Loup de sa femme
Piméniole, et il ne parle pas à saint Gomer
de sa femme Gwinmarie. Car le diable est
le grand flatteur. Cœur de fiel, bouche de
miel.

Cependant quatre saints, qui sont connus
pour leur étroite amitié, saint Nil le Solitaire, saint Autremoine, saint Jean le Nain
et saint Médard, étaient précisément allés ce
jour-là se promener sur le bord de la mer
Rouge. Comme ils arrivaient, tout en conver-
sant, près du bois des palmiers, le diable les
vit venir vers lui avant d'être aperçu par eux.
Il prit incontinent la forme d'un vieillard très

pauvre et très cassé et se mit à pousser des
cris lamentables. Les saints s'approchèrent.

— Qu'est-ce ? dit saint Nil.

— Hélas ! hélas ! mes bons seigneurs,
s'écria le diable, venez à mon aide, je vous
en supplie. J'ai un très méchant maître, je
suis un pauvre esclave, j'ai un très méchant
maître qui est un marchand du pays de
Fez. Or vous savez que tous ceux de Fez, les
Maures, Numides, Garamantes, et tous les
habitants de la Barbarie, de la Nubie et de
l'Égypte, sont mauvais, pervers, sujets aux
femmes et aux copulations illicites, témé-
raires, ravisseurs, hasardeux et impitoyables
à cause de la planète Mars. De plus, mon
maître est un homme que tourmentent la bile
noire, la bile jaune et la pituite à Cicéron :
de là une mélancolie froide et sèche qui le
rend timide, de peu de courage, avec beaucoup d'inventions néanmoins pour le mal.
Ce qui retombe sur nous, pauvres esclaves,
sur moi, pauvre vieux.

— Où voulez-vous en venir, mon ami ? dit
saint Autremoine avec intérêt.

— Voilà, mon bon seigneur, répondit le
démon. Mon maître est un grand voyageur.
Il a des manies. Dans tous les pays où il va,
il a le goût de bâtir dans son jardin une
montagne de sable qu'on ramasse au bord
des mers près desquelles ce méchant homme
s'établit. Dans la Zélande il a édifié un tas de

sable fangeux et noir ; dans la Frise un gros tas de sable mêlé de ces coquilles rouges, parmi lesquelles on trouve le cône tigré ; et dans la Chersonèse cimbrique, qu'on nomme aujourd'hui Jutland, un tas de sable fin mêlé de ces coquilles blanches parmi lesquelles il n'est pas rare de rencontrer la telline-soleil-levant...

— Que le diable t'emporte ! interrompit saint Nil, qui est d'un naturel impatient. Viens au fait. Voilà un quart d'heure que tu nous fais perdre à écouter des sornettes. Je compte les minutes.

Le diable s'inclina humblement.

— Vous comptez les minutes, monseigneur ? c'est un noble goût. Vous devez être du midi ; car ceux du midi sont ingénieux et adonnés aux mathématiques, parce qu'ils sont plus voisins que les autres hommes du cercle des étoiles errantes.

Puis, tout à coup, éclatant en sanglots et se meurtrissant la poitrine du poing : — Hélas ! hélas ! mes bons princes, j'ai un bien cruel maître. Pour bâtir sa montagne, il m'oblige à venir tous les jours, moi vieillard, remplir cette outre de sable au bord de la mer. Il faut que je la porte sur mes épaules. Quand j'ai fait un voyage, je recommence ; et cela dure depuis l'aube jusqu'au coucher du soleil. Si je veux me reposer, si je veux dormir, si je succombe à la fatigue, si l'outre n'est pas

bien pleine, il me fait fouetter. Hélas ! je suis
bien misérable et bien battu et bien accablé
d'infirmités. Hier, j'avais fait six voyages
dans la journée ; le soir venu, j'étais si las,
que je n'ai pu hausser jusqu'à mon dos cette
outre que je venais d'emplir ; et j'ai passé
ici toute la nuit, pleurant à côté de ma charge
et épouvanté de la colère de mon maître.
Mes seigneurs, mes bons seigneurs, par
grâce et par pitié, aidez-moi à mettre ce fardeau sur mes épaules, afin que je puisse m'en
retourner près de mon maître, car, si je tarde,
il me tuera. Ahi ! ahi !

En écoutant cette pathétique harangue,
saint Nil, saint Autremoine et saint Jean le
Nain se sentirent émus, et saint Médard se
mit à pleurer, ce qui causa sur la terre une
pluie de quarante jours.

Mais saint Nil dit au démon : — Je ne puis
t'aider, mon ami, et j'en ai regret ; mais il
faudrait mettre la main à cette outre, qui est
une chose morte, et un verset de la très
sainte écriture défend de toucher aux choses
mortes sous peine de rester impur.

Saint Autremoine dit au démon : — Je ne
puis t'aider, mon ami, et j'en ai regret ; mais
je considère que ce serait une bonne action,
et, les bonnes actions ayant l'inconvénient de
pousser à la vanité celui qui les fait, je m'abs-
tiens d'en faire pour conserver l'humilité.

Saint Jean le Nain dit au démon : — Je ne

puis t'aider, mon ami, et j'en ai regret; mais,
comme tu vois, je suis si petit que je ne pour-
rais atteindre à ta ceinture. Comment ferais-je
pour te mettre cette charge sur les épaules?

Saint Médard, tout en larmes, dit au démon : — Je ne puis t'aider, mon ami, et j'en
ai regret; mais je suis si ému vraiment, que
j'ai les bras cassés.

Et ils continuèrent leur chemin.

Le diable enrageait. — Voilà des animaux!
s'écria-t-il en regardant les saints s'éloigner.
Quels vieux pédants! Sont-ils absurdes avec
leurs grandes barbes! Ma parole d'honneur,
ils sont encore plus bêtes que l'ange!

Lorsqu'un de nous enrage, il a du moins
la ressource d'envoyer au diable celui qui
l'irrite. Le diable n'a pas cette douceur.
Aussi y a-t-il dans toutes ses colères une
pointe qui rentre en lui-même et qui l'exas-
père.

Comme il maugréait en fixant son œil plein
de flamme et de fureur sur le ciel, son ennemi, voilà qu'il aperçoit dans les nuées un
point noir. Ce point grossit, ce point approche;
le diable regarde; c'était un homme, —
— c'était un chevalier armé et casqué —
c'était un chrétien ayant la croix rouge sur la
poitrine, — qui tombait des nues.

— Que n'importe qui soit loué! cria le démon en sautant de joie. Je suis sauvé. Voilà
mon chrétien qui m'arrive! Je n'ai pas pu

venir à bout de quatre saints, mais ce serait
bien le diable si je ne venais pas à bout d'un
homme.

En ce moment-là Pécopin, doucement déposé sur le rivage, mettait pied à terre.

Apercevant ce vieillard, lequel était là
comme un esclave qui se repose à côté de son
fardeau, il marcha vers lui et lui dit :

— Qui êtes-vous, l'ami, et où suis-je?

Le diable se prit à geindre piteusement.

— Vous êtes au bord de la mer Rouge,
monseigneur, et moi je suis le plus malheureux des malheureux.

Sur ce, il chanta au chevalier la même an-
tienne qu'aux saints, le suppliant pour con-
clusion de l'aider à charger cette outre sur
son dos.

Pécopin hocha la tête : — Bonhomme,
voilà une histoire peu vraisemblable.

— Mon bon seigneur qui tombez du ciel,
répondit le diable, la vôtre l'est encore moins,
et pourtant elle est vraie.

— C'est juste, dit Pécopin.

— Et puis, reprit le démon, que voulez-vous
que j'y fasse? si mes malheurs n'ont pas bonne
apparence, est-ce ma faute? Je ne suis qu'un
pauvre de besace et d'esprit; je ne sais pas
inventer : il faut bien que je compose mes
gémissements avec mes aventures et je ne
puis mettre dans mon histoire que la vérité:
Telle viande, telle soupe.

— J'en conviens, dit Pécopin.

— Et puis enfin, poursuivit le diable, que mal peut-il vous faire, à vous, mon jeune vaillant, d'aider un pauvre vieillard infirme à attacher cette outre sur ses épaules ?

Ceci parut concluant à Pécopin. Il se baissa, souleva de terre l'outre, qui se laissa faire sans difficulté, et, la soutenant entre ses bras, il s'apprêta à la poser sur le dos du vieillard, qui se tenait courbé devant lui.

Un moment de plus, et c'était fait.

Le diable a des vices ; c'est là ce qui le perd. Il est gourmand. Il eut dans cette minute-là l'idée de joindre l'âme de Pécopin aux autres âmes qu'il allait emporter ; mais pour cela il fallait d'abord tuer Pécopin.

Il se mit donc à voix basse à appeler un esprit invisible auquel il commanda quelque chose en paroles obscures.

Tout le monde sait que lorsque le diable dialogue et converse avec d'autres démons, il parle un jargon moitié italien, moitié espagnol. Il dit aussi çà et là quelques mots latins.

Ceci a été prouvé et clairement établi dans plusieurs rencontres, et en particulier dans le procès du docteur Eugenio Torralva, lequel fut commencé à Valladolid le 10 janvier 1526, et convenablement terminé le 6 mai 1531 par l'auto-da-fé dudit docteur.

Pécopin savait beaucoup de choses. C'était,

je vous l'ai dit, un cavalier d'esprit qui était
homme à soutenir bravement une vespérie.
Il avait des lettres. Il connaissait la langue
du diable.

Or, à l'instant où il lui attachait l'outre sur
l'épaule, il entendit le petit vieillard courbé
dire tout bas : *Bamos, non sierra occhi,
verbera, frappa, y echa la piedra*. Ceci fut
pour Pécopin comme un éclair.

Un soupçon lui vint. Il leva les yeux, et vit
à une grande hauteur au-dessus de lui une
pierre énorme que quelque géant invisible
tenait suspendue sur sa tête.

Se rejeter en arrière, toucher de sa main
gauche le talisman, saisir de la droite son
poignard et en percer l'outre avec une violence et une rapidité formidables, c'est ce que
fit Pécopin, comme s'il eût été le tourbillon
qui, dans la même seconde, passe, vole,
tourne, brille, tonne et foudroie.

Le diable poussa un grand cri. Les âmes
délivrées s'enfuirent par l'issue que le poignard de Pécopin venait de leur ouvrir, lais-
sant dans l'outre leurs noirceurs, leurs crimes
et leurs méchancetés, monceau hideux, ver-
rue abominable qui, par l'attraction propre
au démon, s'incrusta en lui, et recouverte par
la peau velue de l'outre, resta à jamais fixée
entre ses deux épaules. C'est depuis ce jour-
là qu'Asmodée est bossu.

Cependant, au moment où Pécopin se re-

jetait en arrière, le géant invisible avait
laissé choir sa pierre, qui tomba sur le pied
du diable et le lui écrasa. C'est depuis ce jour-
là qu'Asmodée est boiteux.

Le diable, comme Dieu, a le tonnerre à ses
ordres; mais c'est un affreux tonnerre infé-
rieur qui sort de terre et déracine les arbres.
Pécopin sentit le rivage de la mer trembler
sous lui et que quelque chose de terrible
l'enveloppait; une fumée noire l'aveugla,
un bruit effroyable l'assourdit; il lui sembla
qu'il était tombé et qu'il roulait rapidement en rasant le sol, comme s'il était une
feuille morte chassée par le vent. Il s'évanouit.

VII

PROPOSITIONS AMIABLES D'UN VIEUX SAVANT RETIRÉ DANS UNE CABANE DE FEUILLAGE ·

Quand il revint à lui, il entendit une voix
douce qui disait: *Phi smâ*, ce qui, en lan-
gage arabe, signifie: Il est dans le ciel. Il

sentit qu'une main était posée sur sa poitrine,
et il entendit une autre voix grave et lente
qui répondait : *Lô, lô, machi moulh*, ce qui
veut dire : Non, non, il n'est pas mort. Il ouvrit les yeux, et vit un vieillard et une jeune
fille agenouillés près de lui. Le vieillard était
noir comme la nuit, il avait une longue barbe
blanche tressée en petites nattes, à la mode
des anciens mages, et il était vêtu d'un
grand suaire de soie verte sans plis. La jeune
fille était couleur de cuivre rouge, avec de
grands yeux de porcelaine et des lèvres de
corail. Elle avait des anneaux d'or au nez et
aux oreilles. Elle était charmante.

Pécopin n'était plus au bord de la mer. Le
souffle de l'enfer, le poussant au hasard,
l'avait jeté dans une vallée remplie de
rochers et d'arbres d'une forme étrange. Il
se leva. Le vieillard et la jeune fille le regar-
daient avec douceur. Il s'approcha d'un de
ces arbres ; les feuilles se contractèrent ; les
branches se retirèrent ; les fleurs, qui étaient
d'un blanc pâle, devinrent rouges ; et tout
l'arbre parut en quelque sorte reculer devant
lui. Pécopin reconnut l'arbre de la honte et
en conclut qu'il avait quitté l'Inde et qu'il
était dans le fameux pays de Pudiferan.

Cependant le vieillard lui fit un signe.
Pécopin le suivit ; et, quelques instants
après, le vieillard, la jeune fille et Pécopin
étaient tous trois assis sur une natte dans

une cabane faite en feuilles de palmier, dont l'intérieur, plein de pierres précieuses de toutes sortes, étincelait comme un brasier ardent.

Le vieillard se tourna vers Pécopin et lui dit en allemand :

— Mon fils, je suis l'homme qui sait tout, le grand lapidaire éthiopien, le taleb des Arabes. Je m'appelle Zin Eddin pour les hommes et Évilmerodach pour les génies. Je suis le premier homme qui ait pénétré dans cette vallée, tu es le deuxième. J'ai passé ma vie à dérober à la nature la science des choses et à verser aux choses la science de l'âme. Grâce à moi, grâce à mes leçons, grâce aux rayons qui sont tombés depuis cent ans de mes prunelles, dans cette vallée les pierres vivent, les plantes pensent et les animaux savent. C'est moi qui ai enseigné aux bêtes la médecine vraie, qui manque à l'homme. J'ai appris au pélican à se saigner lui-même pour guérir ses petits blessés des vipères, au serpent aveugle à manger du fenouil pour recouvrer la vue, à l'ours attaqué de la cataracte à irriter les abeilles pour se faire piquer les yeux. J'ai apporté aux aigles, lesquelles sont étroites, la pierre œtites qui les fait pondre aisément. Si le geai se purge avec la feuille du laurier, la tortue avec la ciguë, le cerf avec le dictame, le loup avec la mandragore, le sanglier avec le lierre, la tourte-

relle avec l'herbe helxine ; si les chevaux
gênés par le sang s'ouvrent eux-mêmes une
veine de la cuisse de derrière ; si le stellion
à l'époque de la mue dévore sa peau pour se
guérir du mal caduc ; si l'hirondelle guérit
les ophthalmies de ses petits avec la pierre
calidoine qu'elle va chercher au delà des
mers ; si la belette se munit de la ruë quand
elle veut combattre la couleuvre, — c'est moi,
mon fils, qui leur ai enseigné. Jusqu'ici, je
n'ai eu que des animaux pour disciples.
J'attendais un homme. Tu es venu. Sois mon
fils. Je suis vieux. Je te laisserai ma cabane,
mes pierreries, ma vallée et ma science. Tu
épouseras ma fille, qui s'appelle Aïssab, et
qui est belle. Je t'apprendrai à distinguer le
rubis sandastre du chrysolampis, à mettre la
mère perle dans un pot de sel et à rallumer
le feu des rubis trop mornes en les trempant
dans le vinaigre. Chaque jour de vinaigre leur
donne un an de beauté. Nous passerons notre
vie doucement à ramasser des diamants et
à manger des racines. Sois mon fils.

— Merci, vénérable seigneur, dit Pécopin.
J'accepte avec joie.

La nuit venue, il s'enfuit.

VIII

LE CHRÉTIEN ERRANT

Il erra longtemps dans les pays. Dire tous les voyages qu'il fit, ce serait raconter le monde. Il marcha pieds nus et en sandales ; il monta toutes les montures, l'âne, le cheval, le mulet, le chameau, le zèbre, l'onagre et l'éléphant. Il subit toutes les navigations et tous les navires, les vaisseaux ronds de l'Océan et les vaisseaux longs de la Méditerranée, *onenaria et remigia*, galère et galion, frégate et frégaton, felouque, polaque et tartane, barque, barquette et barquerolle. Il se risqua sur les caracores de bois des Indiens de Batan et sur les chaloupes de cuir de l'Euphrate dont a parlé Hérodote. Il fut battu de tous les vents, du levante-sirocco et du sirocco-mezzogiorno, de la tramontane et

3

de la galerne. Il traversa la Perse, le Pégu,
Bramaz, Tagatai, Transiane, Sagistan, l'Ha-
subi. Il vit le Monomotapa comme Vincent le
Blanc, Sofala comme Pedro Ordonez, Ormus
comme le sieur de Fines, les sauvages
comme Acosta et les géants comme Mal-
herbe de Vitré. Il perdit dans le désert
quatre doigts du pied, comme Jérôme Cos-
tilla. Il se vit dix-sept fois vendu, comme
Mendez-Pinto, fut forçat, comme Texeus, et
faillit être eunuque comme Parisol. Il eut le
mal des pyans, dont périssent les nègres, le
scorbut, qui épouvantait Avicenne, et le mal
de mer, auquel Cicéron préféra la mort. Il
gravit des montagnes si hautes, qu'arrivé au
sommet il vomissait le sang, les flegmes et
la colère. Il aborda l'île qu'on rencontre parfois ne la cherchant point et qu'on ne peut
jamais trouver la cherchant, et il vérifia que
les habitants de cette île sont bons chrétiens.
En Midelpalie, qui est au nord, il remarqua
un château dans un lieu où il n'y en a pas ;
mais les prestiges du septentrion sont si
grands, qu'il ne faut pas s'étonner de cela. Il
demeura plusieurs mois chez le roi de Mogor
Ekebas, bien vu et caressé de ce prince, de
la cour duquel il racontait plus tard tout ce
qu'ont depuis couché par écrit les Anglais, les
Hollandais et même les pères Jésuites. Il devint docte, car il avait les deux maîtres de
toute doctrine, voyage et malheur. Il étudia

les faunes et les flores de tous les climats. Il
observa les vents par les migrations des
oiseaux et les courants par les migrations des
céphalopodes. Il vit passer, dans les régions
sous-marines, l'*ommastrephes sigillatus*
allant au pôle nord, et l'*ommastrephes
giganteus* allant au pôle sud. Il vit les
hommes et les monstres ainsi que l'ancien
grec Ulysse. Il connut toutes les bêtes merveilleuses, le rosmar, le râle-noir, le solend-
guse, les garagians semblables à des aigles
de mer, les queues-de-jonc de l'île de Co-
more, les caper-calzes d'Écosse, les antenales
qui vont par troupes, les alcatrazes grands
comme des oies, les moraxos, plus grands
que les tiburons, les peymones des îles Mal-
dives qui mangent des hommes, le poisson
manare qui a une tête de bœuf, l'oiseau claki
qui naît de certains bois pourris, le petit
saru qui chante mieux que le perroquet, et
enfin le boranet, l'animal-plante des pays
tartares, qui a une racine en terre et qui
broute l'herbe autour de lui. Il tua à la
chasse un triton de mer de l'espèce yapiaria,
et il inspira de l'amour à un triton de rivière
de l'espèce baëpapina. Un jour, étant en l'île
de Manar, qui est à deux cents lieues de Goa,
il fut appelé par des pêcheurs, lesquels lui
montrèrent sept hommes-évêques et neuf
sirènes qu'ils avaient pris dans leurs filets. Il
entendit le bruit nocturne du forgeron marin,

et il mangea des cent cinquante-trois sortes
de poissons qu'il y a dans la mer, et qui se
trouvèrent tous dans le filet des apôtres
quand ils pêchèrent par ordre du Seigneur.
En Scythie, il perça à coups de flèches un
griffon auquel les peuples arimaspes faisaient
la guerre pour avoir l'or que cette bête gar-
dait. Ces peuples voulurent le faire roi, mais
il se sauva. Enfin il manqua naufrager en
mainte rencontre, et notamment près du cap
Gardafû, que les anciens appelaient *Pro-
montorium aromatorum;* et, à travers tant
d'aventures, tant d'erreurs, de fatigues, de
prouesses, de travaux et de misères, le brave
et fidèle chevalier Pécopin n'avait qu'un but,
retrouver l'Allemagne ; qu'une espérance,
rentrer au Falkenburg ; qu'une pensée, revoir Bauldour.

Grâce au talisman de la sultane, qu'il portait toujours sur lui, il ne pouvait, on s'en
souvient, ni vieillir, ni mourir.

Il comptait pourtant tristement les années.
A l'époque où il parvint enfin à atteindre le
nord du pays de France, cinq ans s'étaient
écoulés depuis qu'il n'avait vu Bauldour.
Quelquefois il songeait à cela le soir, après
avoir cheminé depuis l'aube; il s'asseyait sur
une pierre au bord de la route, et il pleurait.

Puis il se ranimait et reprenait courage.
— Cinq ans, pensait-il, oui, mais je vais la
revoir enfin. Elle avait quinze ans, eh bien,

elle en aura vingt! — Ses vêtements étaient
en lambeaux, sa chaussure était déchirée,
ses pieds étaient en sang, mais la force et la
joie lui étaient revenues, et il se remettait en
marche.

C'est ainsi qu'il parvint jusqu'aux montagnes des Vosges.

IX

OU L'ON VOIT A QUOI SE PEUT AMUSER
UN NAIN DANS UNE FORÊT

Un soir, après avoir fait route toute la
journée dans les rochers, cherchant un passage pour descendre vers le Rhin, il arriva à
l'entrée d'un bois de sapins, de frênes et d'é-
rables. Il n'hésita pas à y pénétrer. Il y marchait depuis plus d'une heure quand tout à
coup le sentier qu'il suivait se perdit dans
une clairière semée de houx, de genévriers
et de framboisiers sauvages. A côté de la
clairière il y avait un marais. Épuisé de lassitude, mourant de faim et de soif, exténué,

il regardait de côté et d'autre, cherchant une
chaumière, une charbonnerie ou un feu de
pâtre, quand tout à coup une troupe de
tadornes passèrent près de lui en agitant leurs
ailes et en criant. Pécopin tressaillit en
reconnaissant ces étranges oiseaux, qui font
leurs nids sous terre et que les paysans des
Vosges appellent canards-lapins. Il écarta les
touffes de houx et vit fleurir et verdoyer de
toutes parts dans l'herbe le perce-pierre, l'an-
gélique, l'ellébore et la grande gentiane.
Comme il se baissait pour s'en assurer, une
coquille de moule tombée sur le gazon frappa
son regard. Il la ramassa. C'était une de ces
moules de la Vologne qui contiennent des
perles grosses comme des pois. Il leva les
yeux; un grand-duc planait au-dessus de sa
tête.

Pécopin commençait à s'inquiéter. On con-
viendra qu'il y avait de quoi. Ces houx et
ces framboisiers, ces tadornes, ces herbes
magiques, cette moule, ce grand-duc, tout
cela était peu rassurant. Il était donc fort
alarmé, et se demandait avec angoisse où il
était, lorsqu'un chant éloigné parvint jusqu'à
lui. Il prêta l'oreille. C'était une voix enrouée,
cassée, chagrine, fâcheuse, sourde et criarde
à la fois, et voici ce qu'elle chantait :

> Mon petit lac engendre, en l'ombre qui l'abrite,
> La riante Amphitrite et le noir Neptunus;

Mon humble étang nourrit, sur des monts inconnus,
L'empereur Neptunus et la reine Amphitrite.

> Je suis le nain, grand-père des géants.
> Ma goutte d'eau produit deux océans.

Je verse de mes rocs, que n'effleure aucune aile,
Un fleuve bleu pour elle, un fleuve vert pour lui.
J'épanche de ma grotte, où jamais feu n'a lui,
Le fleuve vert pour lui, le fleuve bleu pour elle.

> Je suis le nain, grand-père des géants.
> Ma goutte d'eau produit deux océans.

Une fine émeraude est dans mon sable jaune ;
Un pur saphir se cache en mon humble écrin.
Mon émeraude fond et devient le beau Rhin ;
Mon saphir se dissout, ruisselle et fait le Rhône.

> Je suis le nain, grand-père des géants.
> Ma goutte d'eau produit deux océans.

Pécopin n'en pouvait plus douter. Pauvre voyageur fatigué, il était dans le fatal *bois des pas perdus*. Ce bois est une grande forêt pleine de labyrinthes, d'énigmes et de dédales, où se promène le nain Roulon. Le nain Roulon habite un lac dans les Vosges, au sommet d'une montagne ; et parce que de là il envoie un ruisseau au Rhône et un autre ruisseau au Rhin, ce nain fanfaron se dit le père de la Méditerranée et de l'Océan. Son plaisir est d'errer dans la forêt et d'y égarer les passants. Le voyageur qui est entré dans le bois des pas perdus n'en sort jamais.

Cette voix, cette chanson, c'étaient la chanson et la voix du méchant nain Roulon.

Pécopin éperdu se jeta la face contre terre.

— Hélas ! s'écria-t-il, c'est fini, je ne reverrai jamais Bauldour !

— Si fait, dit quelqu'un près de lui.

X

EQUIS CANIBUSQUE

Il se redressa ; un vieux seigneur, vêtu
d'un habit de chasse magnifique, était debout devant lui à quelques pas. Ce gentilhomme était complètement équipé. Un cou-
telas à poignée d'or ciselé lui battait la
hanche, et à sa ceinture pendait un cor
incrusté d'étain et fait de la corne d'un
buffle. Il y avait je ne sais quoi d'étrange,
de vague et de lumineux dans ce visage pâle
qui souriait, éclairé de la dernière lueur du
crépuscule. Ce vieux chasseur, ainsi apparu
brusquement dans un pareil lieu, à une
pareille heure, vous eût certainement semblé
singulier ainsi qu'à moi ; mais dans le bois
des pas perdus on ne songe qu'à Roulon ; ce

vieillard n'était pas un nain, et cela suffit à Pécopin.

Ce bonhomme, d'ailleurs, avait la mine gracieuse, accorte et avenante. Et puis, bien qu'accoutré en déterminé chasseur, il était si vieux, si usé, si courbé, si cassé, avait les mains si ridées et si débiles, les sourcils si blancs et les jambes si amaigries, que c'eût été pitié d'en avoir peur. Son sourire, mieux examiné, était le sourire banal et sans profondeur d'un roi imbécile.

— Que me voulez-vous? demanda Pécopin.

— Te rendre à Bauldour, dit le vieux chasseur toujours souriant.

— Quand?

— Passe seulement une nuit en chasse avec moi.

— Quelle nuit?

— Celle qui commence.

— Et je reverrai Bauldour?

— Quand notre nuit de chasse sera finie, au soleil levant, je te déposerai à la porte du Falkenburg.

— Chasser la nuit?

— Pourquoi pas?

— Mais c'est fort étrange.

— Bah!

— Mais c'est très fatigant!

— Non.

— Mais vous êtes bien vieux.

— Ne t'inquiète pas de moi.

— Mais je suis las, mais j'ai marché tout le jour, mais je suis mort de faim et de soif, dit Pécopin. Je ne pourrai seulement monter à cheval.

Le vieux seigneur détacha de sa ceinture une gourde damasquinée d'argent qu'il lui présenta.

— Bois ceci.

Pécopin porta avidement la gourde à ses lèvres. A peine avait-il avalé quelques gorgées qu'il se sentit ranimé. Il était jeune, fort, alerte, puissant, il avait dormi, il avait mangé, il avait bu. — Il lui semblait même par instants qu'il avait trop bu.

— Allons, dit-il, marchons, courons, chassons toute la nuit, je le veux bien ; mais je reverrai Bauldour ?

— Après cette nuit passée, au soleil levant.

— Et quel garant de votre promesse me donnez-vous ?

— Ma présence même. Le secours que je t'apporte. J'aurais pu te laisser mourir ici de faim, de lassitude et de misère, t'abandonner au nain promeneur du lac Roulon ; mais j'ai eu pitié de toi.

— Je vous suis, dit Pécopin. C'est dit, au soleil levant, à Falkenburg.

— Holà, vous autres ! arrivez ! en chasse ! cria le vieux seigneur, faisant effort avec sa voix décrépite.

En jetant ce cri vers le taillis, il se retourna, et Pécopin vit qu'il était bossu. Puis il fit quelques pas, et Pécopin vit qu'il était boiteux.

A l'appel du vieux seigneur, une troupe de cavaliers, vêtus comme des princes et montés comme des rois, sortit de l'épaisseur du bois.

Ils vinrent se ranger dans un profond silence autour du vieux, qui paraissait leur maître. Tous étaient armés de couteaux ou d'épieux ; lui seul avait un cor. La nuit était tombée ; mais autour des gentilshommes se tenaient debout deux cents valets portant deux cents torches.

— *Ebbene*, dit le maître, *ubi sunt los perros?*

Ce mélange d'italien, de latin et d'espagnol fut désagréable à Pécopin.

Mais le vieux reprit avec impatience :

— Les chiens ! les chiens !

Il achevait à peine que d'effroyables aboiements remplissaient la clairière ; une meute venait d'y apparaître.

Une meute admirable, une vraie meute d'empereur. Des valets en jaquettes jaunes et en bas rouges, des estafiers de chenil au visage féroce et des nègres tout nus la tenaient robustement en laisse.

Jamais concile de chiens ne fut plus complet. Il y avait là tous les chiens possibles,

accouplés et divisés par grappes et par
raquettes, selon les races et les instincts. Le
premier groupe se composait de cent dogues
d'Angleterre et de cent lévriers d'attache,
avec douze paires de chiens-tigres et douze
paires de chiens-bauds. Le deuxième groupe
était entièrement formé de greffiers de Barbarie blancs et marquetés de rouge, braves
chiens qui ne s'étonnent pas du bruit, de-
meurent trois ans dans leur bonté, sont
sujets à courir au bétail, et servent pour la
grande chasse. Le troisième groupe était
une légion de chiens de Norvège ; chiens
fauves, au poil vif tirant sur le roux, avec
une tache blanche au front ou au cou, qui
sont de bon nez et de grand cœur et se plai-
sent au cerf surtout ; chiens gris, léopardés
sur l'échine, qui ont les jambes de même
poil que les pattes d'un lièvre ou cannelées
de rouge et de noir. Le choix en était excellent. Il n'y avait pas un bâtard parmi ces
chiens. Pécopin, qui s'y connaissait, n'en vit
pas parmi les fauves un seul qui fût jaune ou
marqué de gris, ni parmi les gris un seul qui
fût argenté ou qui eût les pattes fauves. Tous
étaient authentiques et bons. Le quatrième
groupe était formidable ; c'était une cohue
épaisse, serrée et profonde, de ces puissants
dogues noirs de l'abbaye de Saint-Aubert-en-
Ardennes, qui ont les jambes courtes et qui
ne vont pas vite, mais qui engendrent de si

redoutables limiers et qui chassent si furieu-
sement les sangliers, les renards et les bêtes
puantes. Comme ceux de Norvège, tous
étaient de bonne race et vrais chiens gentilshommes, et avaient évidemment tété près
du cœur. Ils avaient la tête moyenne, plutôt
longue qu'écrasée, la gueule noire et non
rouge, les oreilles vastes, les reins courbés,
le râble musculeux, les jambes larges, la
cuisse troussée, le jarret droit bien herpé, la
queue grosse près des reins et le reste grêle,
le poil de dessous le ventre rude, les ongles
forts, le pied sec, en forme de pied de
renard. Le cinquième groupe était oriental.
Il avait dû coûter des sommes immenses ;
car on n'y avait mis que des chiens de Palim-
botra, qui mordent les taureaux, des chiens
de Cintiqui, qui attaquent les lions, et des
chiens du Monomotapa, qui font partie de la
garde de l'empereur des Indes. Du reste,
tous, anglais, barbaresques, norvégiens, ar-
dennais et hindous, hurlaient abominable-
ment. Un parlement d'hommes n'eût pas
fait mieux.

Pécopin était ébloui de cette meute. Tous
ses appétits de chasseur se réveillaient.

Cependant elle était un peu venue d'on
ne sait d'où, et il ne pouvait s'empêcher
de se dire à lui-même qu'il était singulier
qu'aboyant de la sorte, on ne l'eût pas en-
tendue avant de la voir.

Le maître valet qui menait toute cette vénerie était à quelques pas de Pécopin, lui
tournant le dos. Pécopin alla à lui pour le
questionner, et lui mit la main sur l'épaule ;
le valet se retourna. Il était masqué.

Cela rendit Pécopin muet. — Il commençait même à se demander fort sérieusement
s'il suivrait en effet cette chasse, quand le
vieillard l'aborda.

— Eh bien, chevalier, que dis-tu de nos
chiens ?

— Je dis, mon beau sire, que pour suivre
de si terribles chiens, il faudrait de terribles
chevaux.

Le vieux, sans répondre, porta à sa
bouche un sifflet en argent qui était fixé
au petit doigt de sa main gauche, précaution d'homme de goût qui est exposé à voir
des tragédies, et il siffla.

Au coup de sifflet, un bruit se fit dans les
arbres, les assistants se rangèrent, et quatre
palefreniers en livrée écarlate surgirent, me-
nant deux chevaux magnifiques. L'un était
un beau genet d'Espagne, à l'allure magis-
trale, à la corne lisse, noirâtre, haute, ar-
rondie, bien creusée, aux paturons courts,
entredroits et lunés, aux bras secs et ner-
veux, aux genoux décharnés et bien emboî-
tés. Il avait la jambe d'un beau cerf, la poitrine large et bien ouverte, l'échine grasse,
double et tremblante. L'autre était un cou-

reur tartare à la croupe énorme, au corsage
long, aux flancs bien unis, au manteau bayar-
dant Son cou, d'une moyenne arcade, mais
pas trop voûté, était revêtu d'une vaste per-
ruque flottante et crépelue ; sa queue bien
épaisse pendait jusqu'à terre. Il avait la peau
du front cousue sur ses yeux gros et étin-
celants, la bouche grande, les oreilles in-
quiètes, les naseaux ouverts, l'étoile au front,
deux balzans aux jambes, son courage en
fleur et l'âge de sept ans. Le premier avait
la tête coiffée d'un chanfrein, le poitrail
d'armes et la selle de guerre. Le second était
moins fièrement, mais plus splendidement
harnaché ; il portait le mors d'argent, les
roses dorées, la bride brodée d'or, la selle
royale, la housse de brocart, les houppes
pendantes et le panache branlant. L'un tré-
pignait, bavait, ronflait, rongeait son frein,
brisait les cailloux et demandait la guerre.
L'autre regardait çà et là, cherchait les ap-
plaudissements, hennissait gaîment, ne touchait la terre que du bout de l'ongle, faisait
le roi et piaffait à merveille. Tous deux
étaient noirs comme l'ébène. — Pécopin,
les yeux presque effarés d'admiration, con-
templait ces deux merveilleuses bêtes.

— Eh bien, dit le seigneur clopinant et
toussant, et souriant toujours, lequel prends-
tu ?

Pécopin n'hésita plus, il sauta sur le genet.

— Es-tu bien en selle ? lui demanda le vieillard.

— Oui, dit Pécopin.

Alors le vieux éclata de rire, arracha d'une main le harnois, le panache, la selle et le caparaçon du cheval tartare, le saisit de l'autre à la crinière, bondit comme un tigre, et enfourcha à cru la superbe bête, qui tremblait de tous ses membres ; puis saisissant sa trompe à sa ceinture, il se mit à sonner une fanfare tellement formidable, que Pécopin assourdi crut que cet effrayant vieillard avait le tonnerre dans la poitrine.

XI

A QUOI L'ON S'EXPOSE EN MONTANT UN CHEVAL QU'ON NE CONNAIT PAS

Au bruit de ce cor, la forêt s'éclaira dans ses profondeurs de mille lueurs extraordinaires, des ombres passèrent dans les futaies, des voix lointaines crièrent : En chasse !

la meute aboya, les chevaux reniflèrent, et les arbres frissonnèrent comme par un grand vent.

En ce moment-là, une cloche fêlée, qui semblait bêler dans les ténèbres, sonna minuit.

Au douzième coup, le vieux seigneur emboucha son cor d'ivoire une seconde fois, les valets délièrent la meute, les chiens lâchés partirent comme la poignée de pierres que lance la baliste, les cris et les hurlements redoublèrent, et tous les chasseurs, et tous les piqueurs, et tous les veneurs, et le vieillard, et Pécopin, s'élancèrent au galop.

Galop rude, violent, rapide, étincelant, vertigineux, surnaturel, qui saisit Pécopin, qui l'entraîna, qui l'emporta, qui faisait résonner dans son cerveau tous les pas du cheval comme si son crâne eût été le pavé du chemin, qui l'éblouissait comme un éclair, qui l'enivrait comme une orgie, qui l'exaspérait comme une bataille; galop qui, par moments, devenait tourbillon, tourbillon qui parfois devenait ouragan.

La forêt était immense, les chasseurs étaient innombrables, les clairières succédaient aux clairières, le vent se lamentait, les broussailles sifflaient, les chiens aboyaient, la colossale silhouette noire d'un énorme cerf à seize andouillers apparaissait par instants à travers les branchages et fuyait dans

les pénombres et dans les clartés, le cheval
de Pécopin soufflait d'une façon terrible, les
arbres se penchaient pour voir passer cette
chasse et se renversaient en arrière après
'avoir vue, des fanfares épouvantables écla-
aient par intervalles, puis elles se taisaient
out à coup, et l'on entendait au loin le cor
du vieux chasseur.

Pécopin ne savait où il était. En galopant
près d une ruine ombragée de sapins, parmi
lesquels une cascade se précipitait du haut
d'un grand mur de porphyre, il crut retrouver le château de Nideck. Puis il vit courir
rapidement à sa gauche des montagnes qui
ui parurent être les basses Vosges ; il reconnut successivement à la forme de leurs
quatre sommets le Ban-de-la-Roche, le
Champ-du-Feu, le Climont et l'Ungersberg.
Un moment après il était dans les hautes
Vosges. En moins d'un quart d'heure son
cheval eut traversé le Giromagny, le Rota-
bac, le Sultz, le Barenkopf, le Graisson, le
Bressoir, le Haut-de-Honce, le mont de Lure,
la Tête-de-l'Ours, le grand Donon et le grand
Ventron. Ces vastes cimes lui apparaissaient
pêle-mêle dans les ténèbres, sans ordre et
sans lien ; on eût dit qu'un géant avait bou-
leversé la grande chaîne de l'Alsace. Il lui
semblait par moments distinguer au-dessous
de lui les lacs que les Vosges portent sur
leurs sommets, comme si ces montagnes

eussent passé sous le ventre de son cheval.
C'est ainsi qu'il vit son ombre se réfléchir
dans le Bain-des-Païens et dans le Saut-des-
Cuves, dans le lac Blanc et dans le lac Noir.
Mais il la vit comme les hirondelles voient la
leur en rasant le miroir des étangs, aussitôt
disparue qu'apparue. Cependant, si étrange
et si effrénée que fût cette course, il se ras-
surait en portant la main à son talisman et
en songeant qu'après tout il ne s'éloignait
pas du Rhin.

Tout à coup une brume épaisse l'enve-
loppa, les arbres s'y effacèrent, puis s'y per-
dirent, le bruit de la chasse redoubla dans
cette ombre, et son genet d'Espagne se mit
à galoper avec une nouvelle furie. Le brouillard était si épais que Pécopin y distinguait
à peine les oreilles de son cheval dressées
devant lui. Dans des moments si terribles,
ce doit être un grand effort et c'est, à coup
sûr, un grand mérite que de jeter son âme
jusqu'à Dieu et son cœur jusqu'à sa maîtresse. C'est ce que faisait dévotement le
brave chevalier. Il songeait donc au bon
Dieu et à Bauldour, plus encore peut-être
à Bauldour qu'au bon Dieu, quand il lui
sembla que la lamentation du vent devenait
comme une voix et prononçait distinctement
ce mot : *Heimburg ;* en ce moment une
grosse torche portée par quelque piqueur
traversa le brouillard, et, à la clarté de cette

torche, Pécopin vit passer au-dessus de sa
tête un milan qui était percé d'une flèche et
qui volait pourtant. Il voulut regarder cet
oiseau, mais son cheval fit un bond, le milan
donna un coup d'aile, la torche s'enfonça
dans le bois et Pécopin retomba dans la
nuit. Quelques instants après, le vent parla
encore et dit : *Vauglsberg;* une nouvelle
lueur illumina le brouillard, et Pécopin aperçut dans l'ombre un vautour dont l'aile était
traversée par un javelot et qui volait pourtant. Il ouvrit les yeux pour voir, il ouvrit la
bouche pour crier ; mais, avant qu'il eût
lancé son regard, avant qu'il eût jeté son
cri, la lueur, le vautour et le javelot avaient
disparu. Son cheval ne s'était pas ralenti une
minute et donnait tête baissée dans tous ces
fantômes, comme s'il eût été le cheval aveugle
du démon Paphos ou le cheval sourd du roi
Sicymordachus. Le vent cria une troisième
fois, et Pécopin entendit cette voix lugubre
de l'air qui disait : *Rheinstein;* un troisième
éclair empourpra les arbres dans la brume,
et un troisième oiseau passa. C'était un aigle
qui avait une sagette dans le ventre et qui
volait pourtant. Alors Pécopin se souvint de
la chasse du pfalzgraf, où il s'était laissé en-
traîner, et il frissonna. Mais le galop du genet était si éperdu, les arbres et les objets
vagues du paysage nocturne fuyaient si
promptement, la vitesse de tout était si pro-

digieuse autour de Pécopin, que, même en
lui, rien ne pouvait s'arrêter. Les apparences
et les visions se succédaient si confusément,
qu'il ne pouvait même fixer sa pensée à ses
tristes souvenirs. Les idées passaient dans
sa tête comme le vent. On entendait toujours
au loin le bruit de la chasse, et par instants
le monstrueux cerf de la nuit bramait dans
les halliers.

Peu à peu le brouillard s'était levé. Sou-
dain l'air devint tiède, les arbres changèrent
de forme ; des chênes-lièges, des pistachiers
et des pins d'Alep apparurent dans les
rochers ; une large lune blanche entourée
d'un immense halo éclairait lugubrement les
bruyères. Pourtant ce n'était pas jour de
lune.

En courant au fond d'un chemin creux,
Pécopin se pencha et arracha de la berge une
poignée d'herbes. A la lueur de la lune il
examina ces plantes et reconnut avec angoisse
l'anthylle vulnéraire des Cévennes, la véro-
nique filiforme et la férule commune dont les
feuilles hideuses se terminent par des griffes.
Une demi-heure après, le vent était encore
plus chaud, je ne sais quels mirages de la
mer remplissaient à de certains moments les
intervalles des futaies ; il se courba encore
une fois sur la berge du chemin et arracha
de nouveau les premières plantes que sa
main rencontra. Cette fois, c'étaient le cytise

argenté de Cette, l'anémone étoilée de Nice, la lavatère maritime de Toulon, le *geranium sanguineum* des Basses-Pyrénées, si reconnaissable à sa feuille cinq fois palmée, et l'*astrantia major*, dont la fleur est un soleil qui rayonne à travers un anneau, comme la planète Saturne. Pécopin vit qu'il s'éloignait du Rhin avec une effroyable rapidité ; il avait fait plus de cent lieues entre les deux poignées d'herbes. Il avait traversé les Vosges, il avait traversé les Cévennes, il traversait en ce moment les Pyrénées. — Plutôt la mort ! pensa-t-il. Et il voulut se jeter en bas de son cheval. Au mouvement qu'il fit pour se désarçonner, il se sentit étreindre les pieds comme par deux mains de fer. Il regarda. Ses étriers l'avaient saisi et le tenaient. C'étaient des étriers vivants.

Les cris lointains, les hennissements et les aboiements faisaient rage ; le cor du vieux chasseur, précédant la chasse à une distance effrayante, sonnait des mélodies sinistres, et, à travers de grandes branches bleuâtres que le vent secouait, Pécopin voyait les chiens traverser à la nage des étangs pleins de reflets magiques.

Le pauvre chevalier se résigna, ferma les yeux et se laissa emporter.

Une fois il les rouvrit ; la chaleur de fournaise d'une nuit tropicale lui frappait le visage : de vagues rugissements de tigres et

de chacals arrivaient jusqu'à lui ; il entrevit
des ruines de pagodes sur le faîte desquelles
se tenaient gravement debout, rangés par
longues files, des vautours, des philosophes
et des cigognes ; des arbres d'une forme
bizarre prenaient dans les vallées mille atti-
tudes étranges ; il reconnut le banyan et le bao-
bab ; l'oüé-nonbouyh sifflait, l'*oyra ramcum*
fredonnait, le petit gonambuch chantait. Pécopin était dans une forêt de l'Inde.

Il ferma les yeux.

Puis il les rouvrit encore. En un quart
d'heure aux souffles de l'équateur avait succédé un vent de glace. Le froid était terrible.
Le sabot du cheval faisait crier le givre. Les
rangifères, les alses et les satyres couraient
comme des ombres à travers la brume.
L'âpreté des bois et des montagnes était
affreuse. Il n'y avait à l'horizon que deux ou
trois rochers d'une hauteur immense autour
desquels volaient les mouettes et les sterco-
raires, et à travers d'horribles verdures noires
on entrevoyait de longues vagues blanches
auxquelles le ciel jetait des flocons de neige
et qui jetaient au ciel des flocons d'écume.
Pécopin traversait les mélèzes de la Biarmie,
qui sont au cap Nord.

Un moment après la nuit s'épaissit. Pécopin
ne vit plus rien, mais il entendit un bruit
épouvantable, et il reconnut qu'il passait près

du gouffre Maelstrom, qui est le Tartare des anciens et le nombril de la mer.

Qu'était-ce donc que cette effroyable forêt qui faisait le tour de la terre ?

Le cerf à seize andouillers reparaissait par intervalles, toujours fuyant et toujours poursuivi. Les ombres et les rumeurs se précipitaient pêle-mêle sur sa trace, et le cor du vieux chasseur dominait tout, même le bruit du gouffre Maelstrom.

Tout à coup le genet s'arrêta court. Les aboiements cessèrent, tout se tut autour de Pécopin. Le pauvre chevalier, qui depuis plus d'une heure avait refermé les yeux, les rouvrit. Il était devant la façade d'un sombre et colossal édifice, dont les fenêtres éclairées semblaient jeter des regards. Cette façade était noire comme un masque et vivante comme un visage.

XII

DESCRIPTION D'UN MAUVAIS GITE

Ce qu'était cet édifice, il serait malaisé de
le dire. C'était une maison forte comme une
citadelle, une citadelle magnifique comme
un palais, un palais menaçant comme une
caverne, une caverne muette comme un tombeau.

On n'y entendait aucune voix, on n'y voyait
aucune ombre.

Autour de ce château dont l'immensité
avait je ne sais quoi de surnaturel, la forêt
s'étendait à perte de vue. Il n'y avait plus de
lune sur l'horizon. On n'apercevait au ciel
que quelques étoiles qui étaient rouges
comme du sang.

Le cheval s'était arrêté au pied d'un perron
qui aboutissait à une grande porte fermée.

Pécopin regarda à droite et à gauche, il lui
sembla distinguer tout le long de la façade
d'autres perrons au bas desquels se tenaient
immobiles d'autres cavaliers arrêtés comme
lui et qui semblaient attendre en silence.

Pécopin tira son poignard ; et il allait
heurter du pommeau la balustrade de marbre
du perron, quand le cor du vieux chasseur
éclata subitement près du château, probablement derrière la façade, puissant, énorme,
sonore, assourdissant comme le clairon plein
d'orage où souffle le mauvais ange. Ce cor,
dont le bruit courbait visiblement les arbres,
chantait dans les ténèbres un effroyable
hallali.

Le cor se tut. A peine eût-il fini que les
portes du château s ouvrirent en dehors à
deux battants, comme si un vent intérieur les
eût violemment poussées toutes à la fois. Un
flot de lumière en sortit.

Le genet monta les degrés du perron, et
Pécopin entra dans une vaste salle splendidement illuminée.

Les murailles de cette salle étaient cou-
vertes de tapisseries figurant des sujets tirés
de l'histoire romaine. Les entre-deux des
lambris étaient revêtus de cyprès et d'ivoire.
En haut régnait une galerie pleine de fleurs
et d'arbres, et dans un angle, sous une ro-
tonde, on voyait un lieu pour les femmes
pavé d'agate. Le reste du pavé était une

mosaïque représentant la guerre de Troie.

Du reste, personne ; la salle était déserte. Rien de plus sinistre que cette grande clarté dans cette grande solitude.

Le cheval, qui allait de lui-même et dont le pas sonnait gravement sur le pavé, traversa lentement cette première salle et entra dans une seconde chambre qui était de même illuminée, immense et déserte.

De larges panneaux de cèdre sculpté se développaient autour de cette chambre, et dans ces panneaux un mystérieux artiste avait encadré des tableaux merveilleux incrustés de nacre et d'or. C'étaient des batailles, des chasses, des fêtes représentant des châteaux pleins d'artifices à feu assiégés et pris par des faunes et des sauvages, des joutes et des guerres navales avec toutes sortes de vaisseaux courant sur un océan de turquoises, d'émeraudes et de saphirs, qui imitait admirablement la rondeur de l'eau salée et la tumeur de la mer.

Au-dessous de ces tableaux une frise fouillée du ciseau le plus fin et le plus magistral figurait, dans les innombrables rapports qu'elles ont entre elles, les trois espèces de créatures terrestres qui contiennent des esprits, les géants, les hommes et les nains ; et partout dans cette œuvre les géants et les nains humiliaient l'homme, plus petit que les géants et plus bête que les nains.

Le plafond pourtant semblait rendre je ne
sais quel malicieux hommage au génie humain. Il était entièrement composé de mé-
daillons accostés dans lesquels brillaient,
éclairés d'un feu sombre et coiffés de couronnes de Pluton, les portraits de tous les
hommes à qui la terre doit des découvertes
réputées utiles, et qui pour ce motif sont
appelés les *bienfaiteurs de l'humanité.*
Chacun était là pour l'invention qu'il a faite.
Arabus y était pour la médecine, Dédalus
pour les labyrinthes, Pisistrate pour les
livres, Aristote pour les bibliothèques, Tu-
balcaïn pour les enclumes, Architas pour les
machines de guerre, Noé pour la navigation,
Abraham pour la géométrie, Moïse pour la
trompette, Amphiction pour la divination des
songes, Frédéric Barberousse pour la chasse
au faucon, et le sieur Bachou, lyonnais, pour
la quadrature du cercle. Dans les angles de
la voûte et dans les pendentifs se groupaient,
comme les maîtresses constellations de ce ciel
d'étoiles humaines, force visages illustres :
Flavius, qui a trouvé la boussole ; Christophe
Colomb, qui a découvert l'Amérique ; Botar-
gus, qui a imaginé les sauces de cuisine ;
Mars qui a inventé la guerre ; Faustus, qui a
inventé l'imprimerie ; le moine Schwartz, qui
a inventé la poudre ; et le pape Pontian, qui
a inventé les cardinaux.

Plusieurs de ces fameux personnages

étaient inconnus à Pécopin, par la grande
raison qu'ils n'étaient pas encore nés à l'é-
poque où se passe cette histoire.

Le chevalier pénétra ainsi, marchant où le
menait le pas de son cheval, dans une longue
enfilade de salles magnifiques. En l'une d'elles
il remarqua sur le mur oriental cette inscription en lettres d'or : « Le caoué des Arabes,
autrement dit cavé, est une herbe qui croît
en abondance dans l'empire turc, et qu'on
appelle dans l'Inde l'herbe miraculeuse, étant
préparée comme il s'ensuit : prenez demi-
once de cette herbe, que vous mettrez en
poudre et ferez infuser dans une pinte d'eau
commune trois ou quatre heures; puis vous
la faites bouillir de sorte qu'il y ait un tiers
de consommé. Buvez-la peu à peu, quasi
comme en humant. Les personnes de condition l'adoucissent avec le sucre et l'aroma-
tisent avec l'ambre gris. »

En face, sur le mur occidental, brillait cette
autre légende : « Le feu grégeois se fait et
excite dans l'eau avec du charbon de saule,
du sel, de l'eau-de-vie, du soufre, de la poix,
de l'encens et du camphre, lequel même brûle
seul dans l'eau sans autre mixtion et consume
toute matière. »

Dans une autre salle il n'y avait pour tout
ornement que le portrait fort ressemblant de
ce laquais qui, au festin de Trimalcion, faisait
le tour de la table en chantant d'une voix

délicate les sauces où il entre du benjoin.

Partout des torchères, des lustres, des chandelles et des girandoles, reflétés par d'immenses miroirs de cuivre et d'acier, étincelaient dans ces chambres démesurées et opulentes où Pécopin ne rencontra pas un être vivant, et à travers lesquelles il s'avançait l'œil hagard et l'esprit trouble, seul, inquiet, effaré, plein de ces idées inexprimables et confuses qui viennent aux rêveurs dans le sombre des bois.

Enfin il arriva devant une porte de métal rougeâtre au-dessus de laquelle s'arrondissait, dans un feuillage de pierreries, une grosse pomme d'or et sur cette pomme il lut ces deux lignes :

ADAM A INVENTÉ LE REPAS

ÈVE A INVENTÉ LE DESSERT

XIII

TELLE AUBERGE, TELLE TABLE D'HOTE

Comme il cherchait à approfondir le sens lugubrement ironique de cette inscription, la porte s'ouvrit lentement, le cheval entra, et Pécopin fut comme un homme qui passe brusquement du plein soleil de midi dans une cave. La porte s'était refermée derrière lui, et le lieu dans lequel il venait d'entrer était si ténébreux, qu'au premier moment il se crut aveuglé. Il apercevait seulement à quelque distance une large lueur blême; peu à peu ses yeux, éblouis par la lumière surnaturelle des antichambres qu'il venait de traverser, s'accoutumèrent à l'obscurité, et il commença à distinguer comme dans une vapeur les mille piliers monstrueux d'une prodigieuse salle babylonienne. La lueur qui était au mi-

lieu de cette salle prit des contours; des
formes s'y dessinèrent, et, au bout de quelques instants, le chevalier vit se développer
dans l'ombre, au centre d'une forêt de colonnes torses, une grande table lividement
éclairée par un chandelier à sept branches, à
la pointe desquelles tremblaient et vacillaient
sept flammes bleues.

Au haut bout de cette table, sur un trône
d'or vert, était assis un géant d'airain qui
était vivant. Ce géant était Nemrod. A sa
droite et à sa gauche siégeaient, sur des
fauteuils de fer, une foule de convives pâles
et silencieux, les uns coiffés du bonnet à la
moresque, les autres plus couverts de perles
que le roi de Bisnagar.

Pécopin reconnut là tous les fameux chasseurs qui ont laissé trace dans les histoires :
le roi Mithrobuzane, le tyran Machanidas,
le consul romain Æmilius Barbula II; Rollo,
roi de la mer; Zuentibold, l'indigne fils du
grand Arnolphe, roi de Lorraine; Haganon,
favori de Charles de France; Herbert, comte
de Vermandois ; Guillaume-Tête-d'Étoupe,
comte de Poitiers, auteur de l'illustre maison
de Rechignevoisin ; le pape Vitalianus ; Fardulfus, abbé de Saint-Denis ; Athelstan, roi
d'Angleterre, et Aigrold, roi de Danemark. A
côté de Nemrod se tenait accoudé le grand
Cyrus, qui fonda l'empire persan deux mille
ans avant Jésus-Christ, et qui portait sur sa

poitrine ses armoiries, lesquelles sont, comme on sait, de sinople à un lion d'argent sans vilenie, couronné de laurier d'or à une bordure crénelée d'or et de gueules chargée de huit tierces feuilles à queue d'argent.

Cette table était servie selon l'étiquette impériale, et aux quatre angles il y avait quatre chasseresses distinguées et illustres : la reine Emma, la reine Ogive, mère de Louis d'Outre-Mer, la reine Gerberge, et Diane, laquelle, en sa qualité de déesse, avait un dais et un cadenas comme les trois reines.

Aucun de ces convives ne mangeait, aucun ne regardait. Une large place vide au milieu de la nappe semblait attendre qu'on servît le repas, et il n'y avait sur la table que des flacons où étincelaient mille boissons des pays les plus variés, le vin de palme de l'Inde, le vin de riz de Bengala, l'eau distillée de Sumatra, l'arack du Japon, le pamplis des Chinois et le pechmez des Turcs. Çà et là, dans de vastes cruches de terre richement émaillée, écumait ce breuvage que les Norvégiens appellent wel, les Goths buska, les Corinthiens vo, les Sclavons oll, les Dalmates bieu, les Hongrois ser, les Bohêmes piva, les Polonais pwo, et que nous nommons bière.

Des nègres qui ressemblaient à des démons ou des démons qui ressemblaient à des nègres entouraient la table, debout, muets,

5

la serviette au bras et l'aiguière à la main.
Chaque convive avait, comme il convient,
son nain à côté de lui. Madame Diane avait
son lévrier.

En regardant attentivement dans les profondeurs les plus brumeuses de ce lieu
extraordinaire, Pécopin vit que dans l'im
mensité peut-être sans fond de la salle, sous
la forêt de colonnes, il y avait une multitude
de spectateurs, tous à cheval comme lui,
tous en habit de chasse ; ombres par l'obscurité, statues par l'immobilité, spectres par le
silence. Parmi les plus rapprochés il crut
reconnaître les cavaliers qui accompagnaient
le vieux chasseur dans le bois des pas perdus.
Comme je viens de le dire, convives, valets,
assistants, gardaient un silence effrayant, et,
plutôt que d'entendre un souffle de cette
foule, on eût entendu chuchoter les pierres
d'un tombeau.

Il faisait très froid dans ces ténèbres. Pécopin était glacé jusque dans les os ; cependant il sentait la sueur ruisseler de tous ses
membres.

Tout à coup des jappements retentirent,
d'abord lointains, bientôt violents, joyeux et
sauvages ; puis le cor du vieux chasseur s'y
mêla brusquement et se mit à exécuter, avec
une splendeur triomphale, un admirable
hallali, parfaitement étrange et nouveau, qui,
retrouvé plusieurs siècles plus tard par Ro-

land de Lattre dans une inspiration nocturne, valut à ce grand musicien, le 6 avril 1574, l'honneur d'être créé, par le pape Grégoire XIII, chevalier de Saint-Pierre à l'éperon d'or *de numero participantium*.

A ce bruit Nemrod leva la tête, l'abbé Fardulfus se détourna à demi, et Cyrus, qui s'appuyait sur le coude droit, s'appuya sur le coude gauche.

XIV

NOUVELLE MANIÈRE DE TOMBER DE CHEVAL

Les aboiements et le cor se rapprochèrent ; une grande porte, faisant face à celle par où Pécopin était entré, s'ouvrit à deux battants, et le chevalier vit venir dans une longue galerie obscure les deux cents valets porte-flambeaux soutenant sur leurs épaules un immense plat d'or vert dans lequel gisait, au milieu d'une vaste sauce, le cerf aux seize andouillers, rôti, noirâtre et fumant.

En avant des valets, dont les **deux cents**

torches étaient rouges comme braise, marchait le vieux chasseur, son cor de buffle à la main, à cheval sur le coureur tartare inondé d'écume. Il ne soufflait plus dans sa trompe ; mais il souriait courtoisement au milieu des hurlements inouïs de la meute qui escortait le cerf, toujours conduite par le piqueur masqué.

Au moment où ce cortège déboucha de la galerie et rentra dans la salle, les torches des valets devinrent bleues, et les chiens se turent subitement. Ces effroyables dogues, aux gueules de lion et aux rugissements de tigre, s'avancèrent à la suite de leur maitre, à pas lents, la tête basse, la queue serrée entre les jambes, les reins frissonnants d'une profonde terreur, les yeux suppliants, vers la table où siégeaient les mystérieux convives, toujours blêmes, impassibles et mornes comme des faces de marbre.

Arrivé près de la table, le vieux regarda en face les lugubres soupeurs et éclata de rire. — Hombres y mugeres, or çà, vosotros belle signore, domini et dominæ, amigos mios, comment va la besogne?

— Tu viens bien tard, dit l'homme d'airain.

— C'est que j'avais un ami à qui je voulais faire voir la chasse, répondit le vieillard.

— Oui, répliqua Nemrod, mais regarde.

En même temps, étendant le pouce de sa

main droite par-dessus son épaule de bronze,
il désignait derrière lui le fond de la salle.
L'œil de Pécopin suivit machinalement l'in-
dication du géant, et il vit au loin se dessi-
ner sur les murailles noires des ogives
blanchâtres ; comme s'il y eût eu là des fenêtres vaguement frappées par les premières
lueurs de l'aube.

— Eh bien, reprit le chasseur, il faut dépê-
cher.

Et, sur un signe qu'il leur fit, les deux
cents porte-flambeaux, aidés par les nègres,
se disposèrent à placer le cerf rôti sur la
table, au pied du chandelier à sept branches.

Alors Pécopin enfonça les éperons dans les
flancs du genet, qui lui obéit, chose étrange !
peut-être à cause de l'approche du jour, qui
affaiblit les sortilèges ; il poussa son cheval
entre les valets et la table, se dressa debout
sur les étriers, mit l'épée à la main, regarda
fixement tour à tour les sinistres visages de
la grande table et le vieux chasseur, et s'écria
d'une voix tonnante :

— Pardieu ! qui que vous soyez, spectres,
larves, apparences et visions, empereurs ou
démons, je vous défends de faire un pas ; ou,
par la mort et que Dieu m'aide ! je vous
apprendrai à tous, même à toi, l'homme de
bronze, ce que pèse sur la tête d'un fantôme
le soulier de fer d'un chevalier vivant ! Je
suis dans la caverne des ombres, mais je

prétends y faire à ma fantaisie et à ma guise
des choses réelles et terribles ! ne vous en
mêlez pas, mes maîtres ! Et toi qui m'as
menti, vieux misérable, tu peux bien dégaî-
ner en jeune homme, puisque tu souffles
dans ta trompe avec plus de rage qu'un taureau. Mets-toi donc en garde, ou, par la
messe ! je te coupe les reins à travers le
ventre, fusses-tu le roi Pluton en personne !

— Ah ! vous voilà, mon cher ! dit le vieux.
Eh bien, vous allez souper avec nous.

Le sourire qui accompagnait cette gracieuse invitation exaspéra Pécopin. — En
garde, vieux drôle ! Ah ! tu m'avais fait une
promesse, et tu m'as trompé.

— Hijo ! attends la fin ! qu'en sais-tu ?

— En garde, te dis-je !

— Ouais ! mon bon ami, vous prenez mal
les choses.

— Rends-moi Bauldour, tu me l'as promis ?

— Qui vous dit que je ne vous la rendrai
pas ? Mais que ferez-vous quand vous la re-
verrez ?

— Elle est ma fiancée, tu le sais bien, misérable ! et je l'épouserai, dit Pécopin.

— Et ce sera probablement avant peu un
triste et malheureux couple de plus, répondit
le vieux chasseur en hochant la tête. Après
tout, bah ! qu'est-ce que cela me fait ? Il faut
que les choses soient ainsi. Le mauvais

exemple est donné aux mâles et aux femelles
d'ici-bas par le mâle et la femelle de là-haut,
le soleil et la lune, qui font un détestable
ménage et ne sont jamais ensemble.

— Holà! trêve à la raillerie, cria le chevalier, ou je t'extermine, et j'extermine ces
démons et leurs déesses, et j'en purge cette
caverne !

Le vieux répondit avec un rire de bateleur :

— Purge, mon ami! voici la formule: séné,
rhubarbe, sel d'Epsom. Le séné balaye l'es-
tomac, la rhubarbe nettoie le duodénum, le
sel d'Epsom nettoie les intestins.

Pécopin furieux s'élança sur lui, l'épée
haute ; mais à peine son cheval avait-il fait
un pas qu'il le sentit trembler et s'affaisser.
Il regarda. Un froid et blanc rayon de jour
pénétrait dans l'antre et glissait sur les dalles
bleues. Excepté le vieux chasseur, toujours
souriant et immobile, tous les assistants
commençaient à s'effacer. Le chandelier et
les torches se mouraient; la prunelle des
spectres, que la brusque incartade de Pécopin avait un moment ranimée, n'avait plus
de regard; et, à travers l'énorme torse d'airain du géant Nemrod, comme à travers une
jarre de verre, Pécopin distinguait nettement les piliers du fond de la salle.

Son cheval devenait impalpable et fondait
lentement sous lui. Les pieds de Pécopin
étaient près de toucher la terre.

Tout à coup un coq chanta. Il y avait je ne
sais quoi de terrible dans ce chant clair,
métallique et vibrant, qui traversa l'oreille
de Pécopin comme une lame d'acier. Au
même instant un vent frais passa, son cheval
s'évanouit sous lui, il chancela et faillit
tomber. Quand il se redressa, tout avait disparu.

Il se trouvait seul, debout sur le sol, l'épée
à la main, dans un ravin obstrué de bruyères,
à quelques pas d'une eau qui écumait dans
les rochers, à la porte d'un vieux château.
Le jour naissait. Il leva les yeux et poussa
un cri de joie. Ce château, c'était le Falkenburg.

XV

OU L'ON VOIT
QUELLE EST LA FIGURE DE RHÉTORIQUE DONT
LE BON DIEU USE LE PLUS VOLONTIERS

Le coq chanta une seconde fois. Son chant
partait de la basse-cour du château. Ce coq,

dont la voix venait de faire écrouler autour
de Pécopin le palais plein de vertiges des
chasseurs nocturnes, avait peut-être cette
nuit même becqueté les miettes qui tom-
baient chaque soir des mains bénies de Bauldour.

O puissance de l'amour! force généreuse
du cœur, chaud rayonnement des belles passions et des belles années! A peine Pécopin
eut-il revu ces tours bien-aimées, que la
fraîche et éblouissante image de sa fiancée
lui apparut et le remplit de lumière, et qu'il
sentit se dissoudre en lui comme une fumée
toutes les misères du passé, et les ambas-
sades, et les rois, et les voyages, et les
spectres, et l'effrayant gouffre de visions
dont il sortait.

Certes, ce n'est pas ainsi, avec la tête haute
et le regard enflammé, que le prêtre couronné dont parle le *Speculum historiale*
émergea du milieu des fantômes après qu'il
eut visité le sombre et splendide intérieur du
dragon d'airain. Et, puisque cette figure
redoutable vient d'apparaître à celui qui
raconte ces histoires, il convient de lui jeter
une malédiction, et d'imposer ici un stigmate
à ce faux sage qui avait deux faces, tournées
l'une vers la clarté, l'autre vers l'ombre, et
qui était à la fois pour Dieu le pape Sylvestre II
et pour le diable le magicien Gerbert.

Vis-à-vis les traîtres et les personnages

doubles, la haine est devoir. Tout Parisien
doit, en passant, une pierre à Périnet Leclerq,
tout Espagnol au comte Julien, tout chrétien
à Judas, et tout homme à Satan.

Du reste, ne l'oublions pas, Dieu met in-
variablement le jour à côté de la nuit, le
bien auprès du mal, l'ange en face du démon.
L'enseignement austère de la Providence
résulte de cette éternelle et sublime antithèse. Il semble que Dieu dise sans cesse :
Choisissez. Au onzième siècle, en regard du
prêtre cabaliste Gerbert il plaça le chaste et
savant Emuldus. Le magicien fut pape, le
saint docteur fut médecin. En sorte que les
hommes purent voir sous le même ciel,
parmi les mêmes événements et à la même
époque, la science blanche dans la robe noire
et la science noire dans la robe blanche.

Pécopin avait remis son épée au fourreau
et marchait à grands pas vers le manoir,
dont les fenêtres déjà égayées d'un rayon de
soleil semblaient rendre à l'aube son sourire.
Comme il approchait du pont, duquel il ne
reste qu'une arche aujourd'hui, il entendit
derrière lui une voix qui disait : — Eh bien,
chevalier de Sonneck, ai-je tenu ma promesse ?

XVI

OÙ EST TRAITÉE LA QUESTION DE SAVOIR
SI L'ON PEUT RECONNAITRE
QUELQU'UN QU'ON NE CONNAIT PAS

Il se retourna. Deux hommes étaient debout dans la bruyère. L'un était le piqueur masqué, et Pécopin frissonna en l'apercevant. Il portait sous son bras un grand portefeuille rouge. L'autre était un vieux petit homme bossu, boiteux et fort laid. C'était lui qui avait parlé à Pécopin, et Pécopin cherchait à se rappeler où il avait vu ce visage.

— Mon gentilhomme, reprit le bossu, tu ne me reconnais donc pas ?

— Si fait, dit Pécopin.

— A la bonne heure !

— Vous êtes l'esclave des bords de la mer Rouge.

— Je suis le chasseur du bois des pas perdus, répondit le petit homme.

C'était le diable.

— Sur ma foi, répartit Pécopin, soyez ce qu'il vous plaît d'être ; mais, puisque en somme vous m'avez tenu parole, puisque me voilà à Falkenburg, puisque je vais revoir Bauldour, je suis vôtre, messire, et en toute loyauté je vous remercie.

— Cette nuit tu m'accusais. Que t'ai-je dit ?

— Vous m'avez dit : Attends la fin.

— Eh bien, maintenant tu me remercies ; et je te dis encore : Attends la fin ! Tu te pressais peut-être trop de m'accuser, tu te hâtes peut-être trop de me remercier.

En parlant ainsi, le petit bossu avait un air inexprimable. L'ironie, c'est le visage même du diable. Pécopin tressaillit.

— Que voulez-vous dire ?

Le diable lui montra le piqueur masqué.

— Reconnais-tu cet homme ?

— Oui.

— Le connais-tu ?

— Non.

Le piqueur se démasqua ; c'était Érilangus. Pécopin se sentit trembler. Le diable continua :

— Pécopin, tu étais mon créancier. Je te devais deux choses, cette bosse et ce pied-bot. Or je suis bon débiteur. Je suis allé trouver ton ancien valet Érilangus, pour m'informer de tes goûts. Il m'a conté que tu aimais la chasse. Alors j'ai dit : Ce serait dommage de ne pas faire chasser la chasse noire à ce beau chasseur. Comme le soleil baissait, je t'ai rencontré dans une clairière. Tu étais dans le bois des pas perdus. J'arrivais à temps ; le nain Roulon t'allait prendre pour lui. Je t'ai pris pour moi. Voilà.

Pécopin frémissait involontairement. Le diable ajouta :

— Si tu n'avais eu ton talisman, je t'aurais gardé. Mais j'aime autant que les choses soient comme elles sont. La vengeance se doit assaisonner à diverses sauces.

— Mais enfin que veux-tu dire, démon ? reprit Pécopin avec effort.

Le diable poursuivit :

— Pour récompenser Érilangus de ses renseignements, je l'ai fait mon portefeuille. Il a de bons bénéfices.

— Mauvais drôle, me diras-tu enfin ce que cela signifie ? répéta Pécopin.

— Que t'avais-je promis ?

— Qu'après cette nuit passée en chasse avec toi, au soleil levant, tu me ramènerais au Falkenburg.

— T'y voici.

— Dis-moi, démon, est-ce que Bauldour est morte ?

— Non.

— Est-ce qu'elle est mariée ?

— Non.

— Est-ce qu'elle a pris le voile ?

— Non.

— Est-ce qu'elle n'est plus au Falkenburg ?

— Si.

— Est-ce qu'elle ne m'aime plus ?

— Toujours.

— En ce cas, si tu dis vrai, s'écria Pécopin, respirant comme s'il eût été délivré du poids d'une montagne, qui que tu sois et quoi qu'il arrive, je te remercie.

— Va donc ! dit le diable, tu es content, et moi aussi.

Cela dit, il saisit Érilangus dans ses bras, quoiqu'il fût petit et qu'Érilangus fût grand ; puis tordant sa jambe difforme autour de l'autre et se redressant sur la pointe du pied il fit une pirouette, et Pécopin le vit s'enfoncer en terre comme une vrille. Une seconde après il avait disparu.

La terre en se refermant sur le diable laissa échapper une jolie petite lueur violette semée d'étincelles vertes, qui s'en alla gaîment, avec force gambades et cabrioles, jusqu'à la forêt, où elle resta quelque temps arrêtée et comme accrochée dans les arbres, les colorant de mille nuances lumineuses, ainsi que fait l'arc-en-ciel lorsqu'il se mêle à des feuillages.

XVII

LES BAGATELLES DE LA PORTE

Pécopin haussa les épaules. — Bauldour
est vivante. Bauldour est libre, pensa-t-il, et
Bauldour m'aime ! Que puis-je craindre ? Il
y avait hier au soir, avant que je rencon-
trasse ce démon, cinq ans précisément que
je l'avais quittée. Eh bien, il y aura cinq ans
et un jour ? je vais la revoir plus belle que
jamais. La femme, c'est le beau sexe ; et
vingt ans, c'est le bel âge.

Dans ces temps de fidélités robustes, on ne
s'étonnait pas de cinq ans.

Tout en monologuant de la sorte, il approchait du château et il reconnaissait avec joie
chaque bossage du portail, chaque dent de
la herse et chaque clou du pont-levis. Il se
sentait heureux et bienvenu. Le seuil de la

maison qui nous a vus enfants sourit en nous
revoyant homme comme le visage satisfait
d'une mère.

Comme il traversait le pont, il remarqua
près de la troisième arche un fort beau chêne
dont la tête dépassait de très haut le parapet. — C'est singulier, se dit-il, il n'y
avait point d'arbre là. Puis il se souvint que,
deux ou trois semaines avant le jour où il
avait rencontré la chasse du palatin, il avait
joué avec Bauldour au jeu des glands et des
osselets, en s'accoudant au parapet du pont,
et que, précisément à cet endroit, il avait
laissé tomber un gland dans le fossé. —
Diable ! pensa-t-il, le gland s'est fait chêne
en cinq ans. Voilà un bon terrain.

Quatre oiseaux perchés dans ce chêne y
jasaient à qui mieux mieux ; c'étaient un geai,
un merle, une pie et un corbeau. Pécopin y
fit à peine attention, non plus qu'à un pigeon
qui roucoulait dans un colombier, et à une
poule qui gloussait dans la basse-cour. Il ne
songeait qu'à Bauldour, et il se hâtait.

Le soleil étant sur l'horizon, les valets de
conciergerie venaient de baisser le pont-
levis. Au moment où Pécopin entra sous la
porte, il entendit derrière lui un éclat de rire
qui semblait venir de très loin, quoique parfaitement distinct et fort prolongé. Il regarda
partout au dehors et ne vit personne. C'était
le diable qui riait dans sa caverne.

Il y avait sous la voûte un réservoir d'eau que l'ombre et la réverbération changeaient en miroir. Le chevalier s'y pencha. Après les fatigues de ce long voyage, qui lui avait à peine laissé sur le corps quelques haillons, surtout après les secousses de cette nuit de chasse surnaturelle, il s'attendait à avoir effroi de lui-même. Pas du tout. Était-ce vertu du talisman que lui avait donné la sultane, était-ce l'effet de l'élixir que le diable lui avait fait boire, il était plus charmant, plus frais, plus jeune et plus reposé que jamais. Ce qui l'étonna surtout, ce fut de se voir couvert de vêtements tout neufs et très magnifiques. Les idées étaient tellement brouillées dans son cerveau qu'il ne put se rappeler à quel instant de la nuit on l'avait équipé de la sorte. Il était fort beau ainsi. Il avait l'habit d'un prince et l'air d'un génie.

Tandis qu'il se mirait, un peu surpris, mais fort satisfait et se trouvant à son goût, il entendit un second éclat de rire plus joyeux encore que le premier. Il se retourna et ne vit personne. C'était le diable qui riait dans sa caverne.

Il traversa la cour d'honneur. Les hommes d'armes se penchèrent aux créneaux des murailles ; aucun ne le reconnut, et il n'en reconnut aucun. Les servantes à jupons courts qui battaient le linge au bord des lavoirs se retournèrent ; aucune ne le reconnut, et il n'en reconnut aucune. Mais il avait si bonne figure qu'on le laissa passer. Grande mine suppose grand nom.

Il savait son chemin et se dirigea vers la petite tourelle-escalier qui conduisait à la chambre de Bauldour. Tout en franchissant la cour, il lui sembla que les façades du château étaient un peu bien assombries et ridées, et que les lierres qui étaient aux murailles du nord s'étaient démesurément épaissis, et que les vignes qui étaient aux murailles du midi avaient singulièrement grossi. Mais un cœur amoureux s'émerveille-t-il pour quelques pierres noires et quelques feuilles de plus ou de moins ?

Quand il arriva à la tourelle, il eut quelque peine à en reconnaître la porte. La voûte de cet escalier était une voûte quartier-de-vis suspendue en tour ronde, et, au moment où Pécopin était parti du pays, le père de Bauldour venait d'en faire reconstruire l'entrée à neuf avec du beau grès blanc de Heidelberg. Or cette entrée, qui, selon le calcul de Pécopin, était bâtie depuis cinq ans à peine, était maintenant fort brunie et toute refendue et rongée par les herbes, et elle abritait sous sa voussure trois ou quatre nids d'hirondelles. Mais un cœur amoureux s'étonne-t-il pour quelques nids d'hirondelles ?

Si les éclairs avaient coutume de monter les escaliers, je leur comparerais Pécopin.

En un clin d'œil il fut au cinquième étage,
devant la porte du retrait de Bauldour. Cette
porte-là, du moins, n'était ni noircie ni
changée ; elle était toujours propre, gaie,
nette et sans tache, avec ses ferrures lui-
santes comme l'argent, avec les nœuds de
son bois clairs comme la prunelle d'une belle
fille, et l'on voyait que c'était bien cette
même porte virginale que la jeune châtelaine
n'avait jamais manqué de faire laver par ses
femmes chaque matin. La clef était à la
serrure, comme si Bauldour eût attendu
Pécopin.

Il n'avait qu'à poser la main sur cette clef
et à entrer. Il s'arrêta. Il était haletant de
joie, de tendresse et de bonheur, et un peu
aussi d'avoir monté cinq étages. De grandes
flammes roses passaient devant ses yeux, et
il lui semblait qu'elles rafraîchissaient son
front. Un bourdonnement lui remplissait la
tête ; son cœur battait dans ses tempes.

Quand ce premier moment fut calmé,
quand le silence commença à se faire en lui,
il écouta. Comment dire ce qui s'émut dans
cette pauvre âme ivre d'amour ? Il entendit
à travers la porte le bruit d'un rouet dans la
chambre.

XVIII

OU LES ESPRITS GRAVES APPRENDRONT
QUELLE EST
LA PLUS IMPERTINENTE DES MÉTAPHORES

A la rigueur, ce pouvait bien ne pas être le rouet de Bauldour, ce n'était peut-être que le rouet d'une de ses femmes ; car auprès de sa chambre Bauldour avait son oratoire, où souvent elle passait ses journées. Si elle filait beaucoup, elle priait plus encore. Pécopin se dit bien un peu tout cela ; mais il n'en écouta pas moins le rouet avec ravissement. Ce sont là de ces bêtises d'homme qui aime, qu'on fait surtout quand on a un grand esprit et un grand cœur.

Les moments comme celui où se trouvait Pécopin se composent d'extase qui veut attendre et d'impatience qui veut entrer ; l'équilibre dure quelques minutes, puis il vient un instant où l'impatience l'emporte. Pécopin tremblant posa enfin la main sur la clef, elle tourna dans la serrure, le pêne céda, la porte s'ouvrit; il entra.

— Ah! pensa-t-il, je me suis trompé, ce n'était pas le rouet de Bauldour.

En effet, il y avait bien dans la chambre quelqu'un qui filait, mais c'était une vieille femme. Une vieille femme, c'est trop peu dire; c'était une vieille fée, car les fées seules atteignent à ces âges fabuleux et à ces décrépitudes séculaires. Or cette duègne paraissait avoir et avait nécessairement plus de cent ans. Figurez-vous, si vous pouvez, une pauvre petite créature humaine ou surhumaine courbée, pliée, cassée, tannée, rouillée, éraillée, écaillée, renfrognée, ratatinée et rechignée; blanche de sourcils et de cheveux, noire de dents et de lèvres, jaune du reste; maigre, chauve, glabre, terreuse, branlante et hideuse. Et, si vous voulez avoir quelque idée de ce visage, où mille rides venaient aboutir à la bouche comme les raies d'une roue au moyeu, imaginez que vous voyez vivre l'insolente métaphore des latins, *anus*. Cet être vénérable et horrible était assis ou accroupi près de la fenêtre, les yeux baissés sur son rouet et le fuseau à la main comme une Parque.

La bonne dame était probablement fort sourde; car, au bruit que firent la porte en s'ouvrant et Pécopin en entrant, elle ne bougea pas.

Cependant le chevalier ôta son infule et son bicoquet, comme il sied devant des personnes d'un si grand âge, et dit en faisant un pas : — Madame la duègne, où est Bauldour?

La dame centenaire leva les yeux, laissa tomber son fil, trembla de tous ses petits membres, poussa un petit cri, se souleva à demi sur la chaise, étendit vers Pécopin ses longues mains de squelette, fixa sur lui son œil de larve, et dit avec une voix faible et osseuse qui semblait sortir d'un sépulcre : — O ciel! chevalier Pécopin! que voulez-vous? vous faut-il des messes? O mon Dieu Seigneur! Chevalier Pécopin, vous êtes donc mort, que voilà votre ombre qui revient?

— Pardieu, ma bonne dame, — répondit Pécopin, éclatant de rire et parlant très haut pour que Bauldour l'entendit si elle était dans son oratoire, un peu surpris pourtant que cette duègne sût son nom, — je ne suis pas mort. Ce n'est pas mon ombre qui apparaît; c'est moi qui reviens, s'il vous plaît, moi, Pécopin, un bon revenant de chair et d'os. Et je ne veux pas de messes, je veux un baiser de ma fiancée, de Bauldour, que j'aime plus que jamais. Entendez-vous, ma bonne dame?

Comme il achevait ces mots, la vieille se jeta à son cou.

C'était Bauldour.

Hélas! la nuit de chasse du diable avait duré cent ans.

Bauldour n'était pas morte, grâce à Dieu ou au démon; mais, au moment où Pécopin, aussi jeune et plus beau peut-être qu'autrefois, la retrouvait et la revoyait, la pauvre fille avait cent vingt ans et un jour.

XIX

BELLES ET SAGES PAROLES
DE QUATRE PHILOSOPHES A DEUX PIEDS
ORNÉS DE PLUMES

Pécopin éperdu s'enfuit. Il se précipita au bas de l'escalier, traversa la cour, poussa la porte, passa le pont, gravit l'escarpement, franchit le ravin, sauta le torrent, troua la broussaille, escalada la montagne, et se réfugia dans la forêt de Sonneck. Il courut tout le jour, effaré, épouvanté, désespéré, fou. Il aimait toujours Bauldour, mais il avait horreur de ce spectre. Il ne savait plus où en était son esprit, où en était sa mémoire, où en était son cœur. Le soir venu, voyant qu'il

approchait des tours de son château natal, il
déchira ses riches vêtements ironiques qui
lui venaient du diable, et les jeta dans le profond torrent de Sonneck. Puis il s'arracha les
cheveux, et tout à coup il s'aperçut qu'il tenait à la main une poignée de cheveux blancs.
Puis voilà que subitement ses genoux trem-
blèrent, ses reins fléchirent, il fut obligé de
s'appuyer à un arbre, ses mains étaient
affreusement ridées. Dans l'égarement de sa
douleur, n'ayant plus conscience de ce qu'il
faisait, il avait saisi le talisman suspendu à
son cou, en avait brisé la chaîne et l'avait jeté
au torrent avec ses habits.

Et les paroles de l'esclave de la sultane
s'étaient sur le champ accomplies. Il venait
de veillir de cent ans en une minute. Le
matin il avait perdu ses amours, le soir il
perdait sa jeunesse. En ce moment-là, pour
la troisième fois dans cette fatale journée,
quelqu'un éclata de rire quelque part derrière
lui. Il se retourna et ne vit personne. Le diable
riait dans sa caverne.

Que faire après ce dernier accablement? Il
ramassa à terre un cotret oublié par quelque
fagotier; et, appuyé sur ce bâton, il marcha
péniblement vers son château, qui par bonheur était fort proche. Comme il y arrivait,
il vit aux derniers rayons du crépuscule un
geai, une pie, un merle et un corbeau qui
étaient perchés sur le toit de la porte entre

les girouettes et qui semblaient l'attendre. Il
entendit une poule qu'il ne voyait pas et qui
disait : *Pécopin ! Pécopin !* Et il entendit un
pigeon qu'il ne voyait pas et qui disait :
Bauldour ! Bauldour ! Bauldour ! Alors il
se souvint de son rêve de Bacharach et des
paroles que lui avait adressées jadis — hélas !
il y avait cent cinq ans de cela ! — le vieillard
qui rangeait des souches le long d'un mur :
*Sire, pour le jeune homme, le merle siffle,
le geai garrule, la pie glapit, le corbeau
croasse, le pigeon roucoule, la poule
glousse ; pour le vieillard, les oiseaux
parlent.* Il prêta donc l'oreille, et voici le
dialogue qu'il entendit :

LE MERLE

Enfin, mon beau chasseur, te voilà de retour.

LE GEAI

Tel qui part pour un an, croit partir pour un
[jour.

LE CORBEAU

Tu fis la chasse à l'aigle, au milan, au vau-
[tour.

LA PIE

Mieux eût valu la faire au doux oiseau
[d'amour.

LA POULE

Pécopin ! Pécopin !

LE PIGEON

Bauldour ! Bauldour ! Bauldour !

CONCLUSION AU « RHIN »

CONCLUSION AU « RHIN »

Voici de quelle façon était constituée l'Europe dans la première moitié du dix-septième siècle, il y a un peu plus de deux cents ans.

Six puissances de premier ordre : le Saint-Siège, le Saint-Empire, la France, la Grande-Bretagne ; nous dirons tout à l'heure quelles étaient les deux autres.

Huit puissances de second ordre : Venise, les Cantons suisses, les Provinces-Unies, le Danemark, la Suède, la Hongrie, la Pologne, la Moscovie.

Cinq puissances de troisième ordre : Urbin, Mantoue, Modène, Lucques, Raguse, Genève.

En décomposant ce groupe de vingt-cinq états et en le reconstituant selon la forme politique de chacun, on trouvait : cinq monarchies électives, le Saint-Siège, le Saint-Empire, les royaumes de Danemark, de Hongrie

et de Pologne; douze monarchies héréditaires, l'empire turc, les royaumes de France,
de Grande-Bretagne, d'Espagne et de Suède,
les grands-duchés de Moscovie et de Toscane, les duchés de Lorraine, de Savoie.
d'Urbin, de Mantoue et de Modène; sept
républiques, les Provinces-Unies, les treize
cantons, Venise, Gênes, Lucques, Raguse et
Genève; enfin Malte, qui était une sorte de
république à la fois ecclésiastique et militaire, ayant un chevalier pour évêque et pour
prince, un couvent pour caserne, la mer pour
champ, une île pour abri, une galère pour
arme, la chrétienté pour patrie, le christia-
nisme pour client, la guerre pour moyen, la
civilisation pour but.

Dans cette énumération des républiques,
nous omettons les infiniment petits du monde
politique; nous ne citons ni Andorre, ni San-
Marino. L'histoire n'est pas un microscope.

Comme on vient de le voir, les deux grands
trônes électifs s'appelaient *saints*. Le Saint-
Siège, le Saint-Empire.

La première des républiques, Venise, était
un état de second ordre. Dans Venise, le doge
était considéré comme personne privée et
n'avait rang que de simple duc souverain;
hors de Venise, le doge était considéré
comme personne publique, il représentait la
république même et prenait place parmi les
têtes couronnées. Il est remarquable qu'il n'y

avait pas de république parmi les puissances
de premier ordre, mais qu'il y avait deux
monarchies électives, Rome et l'Empire. Il
est remarquable qu'il n'y avait point de monarchies électives parmi les états de troisième
et de quatrième rang, mais qu'il y avait cinq
républiques, Malte, Gênes, Lucques, Raguse,
Genève.

Les cinq monarques électifs étaient tous
limités, le pape par le sacré collège et les
conciles, l'empereur par les électeurs et les
diètes, le roi de Danemark par les cinq ordres
du royaume, le roi de Hongrie par le palatin,
qui jugeait le roi lorsque le peuple l'accusait,
le roi de Pologne par les palatins, les grands
châtelains et les nonces terrestres. En effet,
qui dit élection dit condition.

Les douze monarchies héréditaires, les
petites comme les grandes, étaient absolues,
à l'exception du roi de la Grande-Bretagne,
limité par les deux chambres du parlement,
et du roi de Suède, dont le trône avait été
électif jusqu'à Gustave Wasa, et qui était
limité par ses douze conseillers, par les
vicomtes des territoires et par la bourgeoisie
presque souveraine de Stockholm. A ces deux
princes, on pourrait jusqu'à un certain point
ajouter le roi de France, qui avait à compter,
fort rarement, il est vrai, avec les états généraux, et un peu plus souvent avec les huit
grands parlements du royaume. Les deux

petits parlements de Metz et de Basse-
Navarre ne se permettaient guère les remontrances ; d'ailleurs, le roi n'eût point fait état
de ces jappements.

Des huit républiques, quatre étaient aristo-
cratiques, Venise, Gênes, Raguse et Malte ;
trois étaient bourgeoises, les Provinces-Unies,
Genève et Lucques ; une seule était populaire, la Suisse. Encore y estimait-on fort la
noblesse, et y avait-il certaines villes où nul
ne pouvait être magistrat s'il ne prouvait
quatre quartiers.

Malte était gouvernée par un grand maître
nommé à vie, assisté de huit baillis conven-
tuels qui avaient la grand'croix et soixante
écus de gages, et conseillé par les grands
prieurs des vingt provinces. Venise avait un
doge, nommé à vie ; toute la république surveillait le doge, le grand conseil surveillait la
république, le sénat surveillait le grand conseil, le conseil des Dix surveillait le sénat, les
trois inquisiteurs d'état surveillaient le conseil des Dix, la bouche de bronze dénonçait
au besoin les inquisiteurs d'état. Tout magistrat vénitien avait la pâleur livide d'un espion
espionné. Le doge de Gênes durait deux ans ;
il avait à compter avec les vingt-huit familles
ayant six maisons, avec le conseil des Quatre-
Cents, le conseil des Cent, les huit gouverneurs, le podestat étranger, les syndics sou-
verains, les consuls, la rote, l'office de Saint_

Georges et l'office des 44 (1). Les deux ans
finis, on le venait chercher au pied du palais
ducal et on le conduisait chez lui en disant :
*Vostra serenitá ha finito suo tempo, vostra
eccelenza sene vada a casa.* Raguse, microcosme vénitien, espèce d'excroissance ma-
ladive de la vieille Albanie poussée sur un
rocher de l'Adriatique, aussi bien nid de
pirates que cité de gentilshommes, avait pour
prince un recteur nommé à la fois de trois
façons, par le scrutin, par l'acclamation et par
le sort. Ce doge nain régnait un mois, avait
pour tuteurs et surveillants durant son autorité de trente jours le grand conseil, composé
de tous les nobles, les soixante pregadi, les
onze du petit conseil, les cinq pourvoyeurs,
les six consuls, les cinq juges, les trois offi-
ciers de la laine, le collège des Trente, les
deux camerlingues, les trois trésoriers, les six
capitaines de nuit, les trois chanceliers et les
comtes du dehors ; et, son règne fini, il rece-
vait pour sa peine cinq ducats. Les sept Provinces-Unies s'administraient par un sta-
thouder qui s'appelait Orange ou Nassau,
quelquefois par deux, et par leurs états généraux, où siégeaient les nobles, les bonnes
villes, les paysans des Ommelandes, et d'où
la Hollande et la Frise excluaient le clergé ;

(1) Prononcer l'*office des quatre quatre*. Ce conseil
était ainsi nommé pour avoir été institué en 1444.
Il était composé de huit hommes.

Utrecht l'admettait. Lucques, que gouvernaient les dix-huit citoyens du conseil du colloque, les cent soixante du grand conseil, et le commandeur de la seigneurie assisté des trois tierciers de Saint-Sauveur, de Saint-Paulin et de Saint-Martin, avait pour chef culminant un gonfalonier élu par les assorteurs. Les vingt-cinq mille habitants formaient une sorte de garde nationale qui défendait et pacifiait la ville; cent soldats étrangers gardaient la seigneurie. Vingt-cinq sénateurs, c'était tout le gouvernement de Genève. La diète générale assemblée à Berne, c'était l'autorité suprême où ressortissaient les treize cantons, régis chacun séparément par leur landamman ou leur avoyer.

Ces républiques, on le voit, étaient diverses. Le peuple n'existait pas à Malte, ne comptait pas à Venise, se faisait jour à Gênes, parlait en Hollande et régnait en Suisse. Ces deux dernières républiques, la Suisse et la Hollande, étaient des fédérations.

Ainsi, dès le commencement du dix-septième siècle, dans les vingt-cinq états du groupe européen, la puissance sociale descendait déjà de nuance en nuance du sommet des nations à leur base, et avait pris et pratiqué toutes les formes que la théorie peut lui donner. Pleinement monarchique dans dix états, elle était monarchique, mais limitée, dans sept, aristocratique dans quatre, bour-

geoise dans trois, pleinement populaire
dans un.

Dans ce groupe construit par la providence,
la transition des états monarchiques aux états
populaires était visible. C'était la Pologne.
sorte d'état mi-parti, qui tenait à la fois aux
royaumes par la couronne de son chef et aux
républiques par les prérogatives de ses citoyens.

Il est remarquable que dans cet arrangement de tout un monde, par je ne sais quelles
lois d'équilibre mystérieux, les monarchies
puissantes protégeaient les républiques faibles, et conservaient pour ainsi dire curieu-
sement ces échantillons de la bourgeoisie
d'alors, ébauches de la démocratie future,
larves informes de la liberté. Partout la providence a soin des germes. Le grand-duc de
Toscane, voisin de Gênes, eût bien voulu lui
prendre la Corse ; et, comme Lucques était
chez lui, il avait cette chétive république sous
la main ; mais le roi d'Espagne lui défendait
de toucher à Gênes, et l'empereur d'Allemagne lui défendait de toucher à Lucques.
Raguse était située entre deux formidables
voisins, Venise à l'occident, Constantinople à
l'orient. Les Ragusains, inquiets à droite et à
gauche, eurent l'idée d'offrir au Grand-Seigneur quatorze mille sequins par an ; le
Grand-Seigneur accepta, et, à dater de ce
jour, il protégea les franchises des Ragusains.

Une ville achetant de la liberté au sultan,
c'est déjà un fait étrange; les résultats en
étaient plus étranges encore. De temps en
temps Venise rugissait vers Raguse, le sultan
mettait le holà; la grosse république voulait
dévorer la petite, un despote l'en empêchait.

Spectacle singulier! un louveteau menacé
par une louve et défendu par un tigre.

Le Saint-Empire, cœur de l'Europe, se
composait comme l'Europe, qui semblait se re-
fléter en lui. A l'époque où nous nous sommes
placés, quatre-vingt-dix-huit états entraient
dans cette vaste agglomération qu'on appelait
l'empire d'Allemagne, et s'étageaient sous les
pieds de l'empereur; et dans ces quatre-
vingt-dix-huit états étaient représentés, sans
exception, tous les modes d'établissements
politiques qui se reproduisaient en Europe
sur une plus grande échelle. Il y avait les
souverainetés héréditaires, au sommet desquelles se posaient un archiduché, l'Autriche,
et un royaume, la Bohême; les souverainetés
électives et viagères, parmi lesquelles les
trois électorats ecclésiastiques du Rhin occu-
paient le premier rang; enfin il y avait les
soixante-dix villes libres, c'est-à-dire les républiques.

L'empereur alors, comme empereur,
n'avait que sept millions de rente. Il est vrai
que l'extraordinaire était considérable, et
que, comme archiduc d'Autriche et roi de

Bohême, il était plus riche. Il tirait cinq millions de rente rien que de l'Alsace, de la Souabe et des Grisons, où la maison d'Autriche avait sous sa juridiction quatorze communautés. Pourtant, quoique le chef du corps germanique eût en apparence peu de revenu, l'empire d'Allemagne au dix-septième siècle était immense. Il atteignait la Baltique au nord, l'Océan au couchant, l'Adriatique au midi. Il touchait l'empire ottoman de Knin à Szolnock, la Hongrie à Boszormeny, la Pologne de Munkacz à Lauenbourg, le Danemark à Rendburg, la Hollande à Groningue, les Flandres à Aix-la-Chapelle, la Suisse à Constance, la Lombardie et Venise à Roveredo, et il entamait par l'Alsace la France d'aujourd'hui.

L'Italie n'était pas moins bien construite que le Saint-Empire. Quand on examine, siècle par siècle, ces grandes formations historiques de peuples et d'états, on y découvre à chaque instant mille soudures délicates, mille ciselures ingénieuses faites par la main d'en haut, si bien qu'on finit par admirer un continent comme une pièce d'orfévrerie.

Moins grande et moins puissante que l'Allemagne, l'Italie, grâce à son soleil, était plus alerte, plus remuante, et en apparence plus vivace. Le réseau des intérêts y était croisé de façon à ne jamais se rompre et à ne jamais se débrouiller. De là un balancement

perpétuel et admirable, une continuelle
intrigue de tous contre chacun et de chacun
contre tous ; mouvement d'hommes et d'idées
qui circulait comme la vie même dans toutes
les veines de l'Italie.

Le duc de Savoie, situé dans la montagne,
était fort. C'était un très grand seigneur ; il
était marquis de Suze, de Clèves et de Saluces, comte de Nice et de Maurienne, et il
avait un million d'or de revenu. Il était l'allié
des Suisses, qui désiraient un voisinage tranquille ; il était l'allié de la France, qui avait
besoin de ce duc pour faire frontière aux
princes d'Italie, et qui avait payé son amitié
au prix du marquisat de Saluces ; il était
l'allié de la maison d'Autriche, à laquelle il
pouvait donner ou refuser le passage dans le
cas où elle aurait voulu faire marcher ses
troupes du Milanais vers les Pays-Bas, *qui
ne sont du tout paisibles et branlent toujours au manche*, comme disait Mazarin ;
enfin, il était l'allié des princes d'Allemagne,
à cause de la maison de Saxe, dont il descendait. Ainsi crénelé dans cette quadruple
alliance, il semblait inexpugnable ; mais,
comme il avait trois prétentions, l'une sur
Genève, contre la république, l'autre sur
Montferrat, contre le duc de Mantoue, la
troisième sur l'Achaïe, contre la Sublime
Porte, c'était par là que la politique le saisissait de temps en temps pour le secouer ou le

retourner. Le grand-duc de Toscane avait un
pays qu'on appelait l'*état de Fer*, une frontière de forteresses et une frontière de montagnes, quinze cent mille écus de revenu, dix
millions d'or dans son trésor et deux millions
de joyaux, cinq cents chevaux de cavalerie,
trente-huit mille gens de pied, douze galères,
cinq galéaces et deux galions, son arsenal à
Pise, son port militaire à l'île d'Elbe, son
four à biscuit à Livourne. Il était allié de la
maison d'Autriche par mariage, et du duc de
Mantoue par parenté ; mais la Corse le
brouillait avec Gênes, la question des limites,
avec le duc d'Urbin, moindre que lui, la
jalousie avec le duc de Savoie, plus grand
que lui. Le défaut de ses montagnes, c'était
d'être ouvertes du côté du pape ; le défaut
de ses forteresses, c'était d'être des forteresses de guerre civile, plutôt faites contre
le peuple que contre l'étranger ; le défaut de
son autorité, c'était d'être assise sur trois
anciennes républiques, Florence, Sienne et
Pise, fondues et réduites en une monarchie.
Le duc de Mantoue était Gonzague ; outre
Mantoue, très forte cité bâtie avant Troie, et
où l'on ne peut entrer que par des ponts, il
avait soixante-cinq villes, cinq cent mille
écus de revenu, et la meilleure cavalerie de
l'Italie ; mais, comme marquis de Montferrat, il sentait le poids du duc de Savoie. Le
duc de Modène était Este ; il avait Modène

et Reggio ; mais, comme duc prétendant de
Ferrare, il sentait le poids du pape. Le duc
d'Urbin était Montefeltro ; il s'étendait sur
soixante milles de longueur et sur trente-cinq
de largeur, avait un peu d'Ombrie et un peu
de Marche, sept villes, trois cents châteaux
et douze cents soldats aguerris ; mais, comme
voisin d'Ancône, il sentait le poids du pape
et lui payait chaque année deux mille deux
cent quarante écus. Au centre même de
l'Italie, dans un état de forme bizarre qui
coupait la presqu'île en deux comme une
écharpe, résidait le pape, dont nous esquisse-
rons peut-être plus loin en détail la puissance
comme prince temporel. Le pape tenait dans
sa main droite les clefs du paradis, ce qui ne
l'empêchait pas d'avoir sous sa main gauche
la clef de l'Italie intérieure, Gaëte. Indépen-
damment de l'État de l'Église, il était souverain et seigneur direct des royaumes de
Naples et de Sicile, des duchés d'Urbin et
de Parme, et, jusqu'à Henri VIII, il avait
reçu l'hommage des rois bretons pour l'Angleterre et l'Irlande. Il était d'autant plus
maître en Italie, que Naples et Milan étaient
à un roi absent. Sa grandeur morale était
immense. Respecté de près, vénéré de loin,
conférant sans s'amoindrir des dignités
égales aux royautés, couronnant ses cardinaux de cet hexamètre hautain : *Principi-*
bus præstant et regibus æquiparantur,

pouvant donner sans perte, récompenser
sans dépense et châtier sans guerre, il gouvernait toutes les princesses de la chrétienté
avec la rose d'or, qui lui revenait à deux
cent trente écus, et tous les princes avec
l'épée d'or, qui lui revenait à deux cent quarante ; et, pour faire humblement agenouil-
ler les empereurs d'Allemagne, lesquels pouvaient mettre sur pied deux cent mille
hommes, ce qui représente aujourd'hui un
million de soldats, il suffisait qu'il leur mon-
trât les bonnets et les panaches de sa garde
suisse, qui lui coûtait deux cents écus par an.

Au nord de l'Europe végétaient dans la
pénombre populaire deux monarchies, trop
lointaines, en apparence, pour agiter le
centre. Pourtant, au seizième siècle, à la de-
mande de Henri II, Christiern II, roi de Da-
nemarck, avait pu envoyer en Écosse dix
mille soldats sur cent navires. La Suède avait
trente-deux enseignes de sept cents hommes
de pied chacune, treize compagnies ordinaires de cavalerie, cinquante voiles en temps
de paix, soixante-dix en temps de guerre, et
versait par an sept tonnes d'or, environ cent
mille thalers, au trésor royal. La Suède parut
peu brillante jusqu'au jour où Charles XII
résuma toute sa lumière en un éclair éblouis-
sant.

A cette époque, la France militaire parlait
haut en Europe ; mais la France littéraire

bégayait encore. L'Angleterre, pour les nations du continent, n'était qu'une île considérable occupée d'un commencement obscur
de troubles intérieurs. La Suisse, c'est là sa
tache aux yeux de l'historien, vendait des
armées à qui en voulait. Celui qui écrit ces
lignes visitait, il y a quelques années, l'arsenal de Lucerne. Tout en admirant les vitraux
du seizième siècle que le sénat lucernois a
failli, dit-on, laisser emporter par un finan-
cier étranger, moyennant mille francs par
croisée, il arriva dans une salle où son guide
lui montra deux choses : une grossière veste
de montagnard auprès d'une pique, et une
magnifique souquenille rouge galonnée d'or
auprès d'une hallebarde. La grosse veste,
c'était l'habit des paysans de Sempach ; la
souquenille galonnée, c'était l'uniforme de la
garde suisse de l'empereur d'Allemagne. Le
visiteur s'arrêta devant cette triste et saisis-
sante antithèse. Ce haillon populaire, cette
défroque impériale, ce sayon de pâtre, cette
livrée de laquais, c'était toute la gloire et toute
la honte d'un peuple pendues à deux clous.

Des voyageurs étrangers qui parcouraient
aussi l'arsenal de Lucerne s'écrièrent, en
passant près de l'auteur de ce livre : *Que fait
cette hallebarde à côté de cette pique ?* Il
ne put s'empêcher de leur répondre : *Elle
fait l'histoire de la Suisse* (1).

(1) Les blâmes généraux de l'histoire admettent tou-

L'esquisse qu'on peut faire en son esprit
de l'Europe à cette époque ne serait pas com-

jours des restrictions individuelles. Il faut circonscrire
la sévérité pour rester dans le juste et dans le vrai.
Sans contredit, et nonobstant tous les motifs d'écono-
mie politique pris dans un excédent de population
qui se fût plus honorablement écoulé en émigrations
ou en colonies, sans contredit, ces ventes d'armées
faites par un peuple libre à tous les despotismes qui
avaient besoin de soldats sont une chose immorale et
honteuse. C'était, redisons-le, transformer des citoyens en condottieri, un homme libre en lands-
knecht, l'uniforme en livrée. Il est malheureusement
vrai de dire qu'au dix-septième siècle et même au
dix-huitième siècle, l'habit militaire des Suisses capitulés avait cet aspect. Il est triste également que le
mot *suisse*, qui éveille dans l'esprit une idée d'indépendance, puisse y éveiller aussi une idée de domes-
ticité. Nous avons encore le *suisse* des hôtels, le *suisse*
des cathédrales. *Il m'avait fait venir d'Amiens pour
être suisse*. Mais il serait inique d'étendre la réprobation que soulève un fait de nation, considéré dans son
ensemble, à tous les individus, souvent honorables
et purs, qui ont participé à ce fait ou l'ont subi.
Hâtons-nous de le proclamer, sous cette livrée il y a
eu des héros. Les Suisses, même capitulés, ont été
souvent sublimes. Après avoir vendu leur service,
qui pouvait s'acheter, ils ont donné leur dévouement,
qui ne pouvait se payer. Abstraction faite de l'origine
fâcheuse des concordats militaires, à un certain
point de vue historique que l'auteur de ce livre est
loin de répudier, les Suisses, par exemple, ont été
admirables aux Tuileries. Il est beau, peut-être, que
la nation qui, la première en Europe, a donné son
sang pour la liberté naissante, l'ait donné la dernière
pour la royauté mourante ; et sous ce rapport le
10 août 1792 n'est pas indigne du 17 novembre 1307

plète si l'on ne se figurait au nord, dans le crépuscule d'un hiver éternel, une étrange figure assise, un peu en deçà du Don, sur la frontière de l'Asie. Ce fantôme, qui occupait les imaginations au dix-septième siècle, comme un génie, moitié dieu, moitié prince, des *Mille et une Nuits*, s'appelait le grand knez de Moscovie.

Ce personnage, plutôt asiatique qu'européen, plutôt fabuleux que réel, régnait sur un vaste pays périodiquement dépeuplé par les courses des Tartares. Le roi de Pologne avait la Russie Noire, c'est-à-dire la terre ; lui, il avait la Russie Blanche, c'est-à-dire la neige. On faisait cent récits et cent contes de lui dans les salons de Paris, et, tout en s'extasiant sur les sixains de Benserade à Julie d'Angennes, on se demandait, pour varier la conversation, s'il était bien prouvé que le grand knez pût mettre en campagne trois cent mille chevaux. La chose paraissait chimérique, et ceux qui la déclaraient impossible rappelaient que le roi de Pologne Étienne était entré victorieusement en Moscovie et avait failli la conquérir avec soixante mille hommes et qu'en 1560 le roi de Mongul était venu à Moscou avec quatre-vingt mille chevaux et l'avait brûlée. *Le knez est fort riche*, écrivait Mme Pilou, *il est seigneur et maître absolu de toutes choses. Ses sujets chassent aux fourrures. Il prend pour lui*

*les meilleures peaux et les plus chères et
se fait sa portion à sa volonté.* Les princes
d'Europe, par curiosité plus encore que par
politique, envoyaient au knez des ambas-
sades presque ironiques. Le roi de France
hésitait à le traiter d'altesse. C'était le temps
où l'empereur d'Allemagne ne donnait au roi
de Pologne que de la sérénité, et où le marquis de Brandebourg tenait à insigne honneur d'être archichambellan de l'empire.
Philippe Pernisten, que l'empereur avait
envoyé à Moscou pour savoir ce que c'était,
était revenu épouvanté de la couronne du
knez, qui surpassait en valeur, disait-il, les
quatre couronnes réunies du pape, du roi de
France, du roi catholique et de l'empereur.
Sa robe était *toute semée de diamants,
rubis, émeraudes et autres pierres grosses
comme des noisettes.* Pernisten avait rap-
porté en présent à l'empereur d'Allemagne
*huit quarantaines de zoboles et de mar-
tres zibelines, dont chacune fut estimée à
Vienne deux cents livres.* Il ajoutait, du
reste, que les *Circassiens des cinq montagnes étaient pour ce prince un grand em-
barras.* Il estimait l'infanterie moscovite à
vingt mille hommes. Quoi qu'il en fût de
ces narrations orientales, c'était une distrac-
tion pour l'Europe, occupée alors de tant de
grosses guerres, d'écouter de temps en
temps le petit cliquetis d'épées divertissant

et lointain que faisait dans son coin le knez
de Moscovie ferraillant avec le précop,
prince des Tartares.

On n'avait sur sa puissance et sa force que
des idées très incertaines. Quant à lui, plus
loin que le roi de Pologne, plus loin que le
roi de Hongrie, majesté à tête rase et à mous-
taches longues, plus loin que le grand-duc
de Lithuanie, prince déjà fort sauvage à fourrures, on l'apercevait assez nettement, immobile sur une sorte de chaire-trône, entre
l'image de Jésus et l'image de la Vierge,
crossé, mitré, les mains pleines de bagues,
vêtu d'une longue robe blanche comme le
pape, et entouré d'hommes couverts d'or de
la tête aux pieds. Quand des ambassadeurs
européens étaient chez lui, il changeait de
mitre tous les jours pour les éblouir.

Au delà de la Moscovie et du grand knez,
dans plus d'éloignement et dans moins de
lumière, on pouvait distinguer un pays immense au centre duquel brillait dans l'ombre
le lac de Caniclu plein de perles, et où four-
millaient, échangeant entre eux des monnaies
d'écorce d'arbre et de coquilles de mer, des
femmes fardées, habillées, comme la terre
non cultivée, de noir en été et de blanc en
hiver, et des hommes vêtus de peaux humaines écorchées sur leurs ennemis morts.
Dans l'épaisseur de ce peuple, qui pratiquait
farouchement une religion composée de

Mahomet, de Jésus-Christ et de Jupiter, dans la ville monstrueuse de Cambalusa, habitée par cinq mille astrologues et gardée par une innombrable cavalerie, on entrevoyait, au milieu des foudres et des vents, assis, jambes croisées, sur un tapis circulaire de feutre noir, le grand khan de Tartarie, qui répétait par intervalles d'un air terrible ces paroles gravées sur son sceau : *Dieu au ciel, le grand khan sur terre.*

Les oisifs parisiens racontaient du khan, comme du knez, des choses merveilleuses. L'empire du khan des Tartares avait été fondé, disait-on, par le maréchal Canguiste, que nous nommons aujourd'hui Gengis-khan. L'autorité de ce maréchal était telle, qu'il fut obéi un jour par sept princes auxquels il avait commandé de tuer leurs enfants. Ses successeurs n'étaient pas moindres que lui. Le nom du grand khan régnant était écrit au fronton de tous les temples en lettres d'or, et le dernier des titres de ce prince était *âme de Dieu.* Il partageait avec le grand knez la royauté des hordes. Un jour, apprenant par les astrologues que la ville de Cambalusa devait se révolter, Cublai-Khan en fit faire une autre à côté, qu'il appela Taidu. Voilà ce que c'était que le grand khan.

Au dix-septième siècle, n'oublions pas qu'il n'y a de cela que deux cents ans, il y avait hors d'Europe, au nord et à l'orient,

une série fantastique de princes prodigieux
et incroyables, échelonnés dans l'ombre ;
mirage étrange, fascination des poètes et des
aventuriers, qui, au treizième siècle, avait
fait rêver Dante et partir Marco-Polo. Quand
on allait vers ces princes, ils semblaient reculer dans les ténèbres ; mais, en cherchant
leur empire, on trouvait tantôt un monde,
comme Colomb, tantôt une épopée, comme
Camoëns. Vers la frontière septentrionale
de l'Europe, la première de ces figures
extraordinaires, la plus rapprochée et la
mieux éclairée, c'était le grand-duc de Lithuanie ; la deuxième distincte encore, c'était le
grand knez de Moscovie ; la troisième, déjà
confuse, c'était le grand khan de Tartarie ;
et, au delà de ces trois visions, le grand
chérif sur son trône d'argent, le grand sophi
sur son trône d'or, le grand zamorin sur
son trône d'airain, le grand mogol entouré d'éléphants et de canons de bronze, le
sceptre étendu sur quarante-sept royaumes,
le grand lama, le grand cathay, le grand daïr,
de plus en plus vagues, de plus en plus
étranges, de plus en plus énormes, allaient
se perdant les uns derrière les autres dans
les brumes profondes de l'Asie.

II

Sauf quelques détails qui viendront en leur

lieu et qui ne dérangeront en rien cet ensemble, telle était l'Europe au moment que
nous avons indiqué. Comme on l'a pu reconnaître, le doigt divin, qui conduit les générations de progrès en progrès, était dès lors
partout visible dans la disposition intérieure
et extérieure des éléments qui la constituaient
et cette ruche de royaumes et de nations était
admirablement construite pour que déjà les
idées y pussent aller et venir à leur aise et
faire dans l'ombre la civilisation.

A ne prendre que l'ensemble, et, en ad-
mettant les restrictions qui sont dans toutes
les mémoires, ce travail, qui est la véritable
affaire du genre humain, se faisait au commencement du dix-septième siècle en Europe
mieux que partout ailleurs. En ce temps où
vivaient, respirant le même air, et par conséquent, fût-ce à leur insu, la même pensée,
se fécondant par l'observation des mêmes
événements, Galilée, Grotius, Descartes, Gas-
sendi, Harvey, Lope de Vega, Guide, Pous-
sin, Ribera, Van Dyck, Rubens, Guillaume
d'Orange, Gustave-Adolphe, Walstein, le
jeune Richelieu, le jeune Rembrandt, le
jeune Salvator Rosa, le jeune Milton, le jeune
Corneille et le vieux Shakespeare, chaque
roi, chaque peuple, chaque homme, par la
pente des choses, convergeaient au même
but, qui est encore aujourd'hui la fin où tendent les générations, l'amélioration générale

8

de tout, par tous, c'est-à-dire la civilisation
même. L'Europe, insistons sur ce point, était
ce qu'elle est encore, un grand atelier où
s'élaborait en commun cette grande œuvre.

Deux seuls intérêts, séparés dans un but
égoïste de l'activité universelle, épiant sans
cesse pour choisir leur moment le vaste atelier européen, l'un procédant par invasion,
l'autre par empiètement : l'un bruyant et
terrible dans son allure, brisant de temps à
autre les barrières et faisant brèche à la muraille ; l'autre habile, adroit et politique, se
glissant par toute porte entr'ouverte, tous deux
gagnant continuellement du terrain, trou-
blaient, pressaient entre eux et menaçaient
alors l'Europe. Ces deux intérêts, ennemis
d'ailleurs, se personnifiaient en deux empires ; et ces deux empires étaient deux colosses.

Le premier de ces deux colosses, qui avait
pris position sur un côté du continent au fond
de la Méditerranée, représentait l'esprit de
guerre, de violence et de conquête, la barbarie. Le second, situé de l'autre côté, au seuil
de la même mer, représentait l'esprit de
commerce, de ruse et d'envahissement,
la corruption. Certes, voilà bien les deux ennemis naturels de la civilisation.

Le premier de ces deux colosses s'appuyait
puissamment à l'Afrique et à l'Asie. En
Afrique, il avait Alger, Tunis, Tripoli de

Barbarie et l'Égypte entière d'Alexandrie à
Syène, c'est-à-dire toute la côte depuis le
Peñon de Velez jusqu'à l'isthme de Suez ; de
là il s'enfonçait dans l'Arabie Troglodyte,
depuis Suez sur la mer Rouge jusqu'à Sua-
kem.

Il possédait trois des cinq tables en lesquelles Ptolémée a divisé l'Asie, la première,
la quatrième et la cinquième.

Posséder la première table, c'était avoir le
Pont, la Bithynie, la Phrygie, la Lycie, la Pa-
phlagonie, la Galatie, la Pamphilie, la Cappa-
doce, l'Arménie mineure, la Caramanie,
c'est-à-dire tout le Trapezus de Ptolémée depuis Alexandrette jusqu'à Trébizonde.

Posséder la quatrième table, c'était avoir
Chypre, la Syrie, la Palestine, tout le rivage
depuis Firamide jusqu'à Alexandrie, l'Arabie
Déserte et l'Arabie Pétrée, la Mésopotamie,
et Babylone, qu'on appelait Bagadet.

Posséder la cinquième table, c'était avoir
tout ce qui est compris entre deux lignes
dont l'une monte de Trébizonde au nord jusqu'à l'Hermanassa de Ptolémée et jusqu'au
Bosphore Cimmérien, que les Italiens appelaient Bouche-de-Saint-Jean, et dont l'autre,
entamant l'Arabie Heureuse, va de Suez à
l'embouchure du Tigre.

Outre ces trois immenses régions, il avait
la Grande Arménie et tout ce que Ptolémée

met dans le troisième table d'Asie jusqu'aux confins de la Perse et de la Tartarie.

Ainsi ses domaines d'Asie touchaient, au nord, l'Archipel, la mer de Marmara, la mer Noire, le Palus Méotide et la Sarmatie asiatique ; au levant, la mer Caspienne, le Tigre et le golfe Persique, qu'on nommait mer d'El-calif ; au couchant, le golfe Arabique, qui est la mer Rouge ; au midi, l'océan des Indes.

En Europe, il avait l'Adriatique à partir de Knin au-dessus de Raguse, l'Archipel, la Propontide, la mer Noire jusqu'à Caffa en Crimée, qui est l'ancienne Théodosie ; la Haute-Hongrie jusqu'à Bude ; la Thrace, aujourd'hui la Roumélie ; toute la Grèce, c'est-à-dire la Thessalie, la Macédoine, l'Épire, l'Achaïe et la Morée ; presque toute l'Illyrie ; la Dalmatie, la Bosnie, la Servie, la Dacie et la Bulgarie ; la Moldavie, la Valachie et la Transylvanie, dont les trois vaïvodes étaient à lui ; tout le cours du Danube depuis Watzen jusqu'à son embouchure.

Il possédait en rivages de mer onze mille deux cent quatre-vingts milles d'Italie, et en surface de terre un million deux cent trois mille deux cent dix-neuf milles carrés.

Qu'on se figure ce géant de neuf cent lieues d'envergure et de onze cents lieues de longueur couché sur le ventre en travers du vieux monde, le talon gauche en Afrique, le genou droit sur l'Asie, un coude sur la Grèce,

un coude sur la Thrace, l'ombre de sa tête
sur l'Adriatique, l'Autriche, la Hongrie et la
Podolie, avançant sa face monstrueuse tantôt sur la Pologne, tantôt sur l'Allemagne, et
regardant l'Europe.

L'autre colosse avait pour chef-lieu, sous
le plus beau ciel du monde, une presqu'île bai-
gnée au levant par la Méditerranée, au couchant par l'Océan, séparée de l'Afrique par un
étroit bras de mer, et de l'Europe par une
haute chaîne de montagnes. Cette presqu'île
contenait dix-huit royaumes, auxquels il im-
primait son unité.

Il tenait Serpa et Tanger, qui sont les ver-
rous du détroit de Gibraltar, et, selon qu'il lui
plaisait de l'ouvrir ou de le fermer, il faisait
de la Méditerranée une mer ou un lac. De
sa presqu'île il répandait ses flottes dans cette
mer par vingt-huit grands ports métropoli-
tains ; il en avait trente-sept sur l'Océan.

Il possédait en Afrique le Peñon de Velez,
Melilla, Oran, Marzalcabil, qui est le meilleur havre de la Méditerranée Nazagan, et
toute la côte depuis le cap d'Aguirra jusqu'au cap Gardafu ; en Amérique, une
grande partie de la presqu'île septentrionale, la côte de Floride, la Nouvelle-Es-
pagne, le Yucatan, le Mexique et le cap de
Californie, le Chili, le Pérou, le Brésil, le
Paraguay, toute la presqu'île méridionale jusqu'aux Patagons ; en Asie, Ormuz, Diu, Goa,

Malacca, qui sont les quatre plus fortes places
de la côte, Daman, Bazin, Zanaa, Ciaul, le
port de Colomban, les royaumes de Cama-
nor, de Cochin et de Colan, avec leurs forteresses, et, Calicut excepté, tout le rivage de
l'Océan des Indes, de Daman à Melipour.

Il avait dans la mer, et dans toutes les mers,
les trois îles Baléares, les douze îles Canaries, les Açores, Santo-Puerto, Madère, les
sept îles du Cap-Vert, Saint-Thomas, l'Ile-
Dieu, Mozambique, la grande île de Baaren.
l'île de Manar, l'île de Ceylan ; quarante des
îles Philippines, dont la principale, Luzan,
est longue de deux cents lieues ; Porto-Rico,
Cuba, Saint-Domingue, les quatre cents îles
Lucayes et les îles de la mer du Nord, dont
on ne savait pas le nombre.

C'était avoir à soi toute la mer, presque
toute l'Amérique, et en Afrique et en Asie à
peu près tout ce que l'autre colosse ne possédait pas.

En Europe, outre sa vaste presqu'île, centre
de sa puissance et de son rayonnement, il
avait la Sardaigne et la Sicile, qui sont trop
des royaumes pour n'être comptées que
comme des îles. Il tenait l'Italie par ses deux
extrémités, par le royaume de Naples et par
le duché de Milan, qui tous deux étaient à
lui. Quant à la France, il la saisissait peut-
être plus étroitement encore, et les trois états
qu'il avait sur ses frontières, traçant une sorte

de demi-cercle, le Roussillon, la Franche-
Comté et la Flandre, étaient comme son bras
passé autour d'elle.

Le premier de ces deux colosses, c'était la
Turquie ; le second, c'était l'Espagne.

III

Ces deux empires inspiraient à l'Europe,
l'un une profonde terreur, l'autre une profonde défiance.

Par la Turquie, c'était l'esprit de l'Asie qui
se répandait sur l'Europe ; par l'Espagne,
c'était l'esprit de l'Afrique.

L'islamisme, sous Mahomet II, avait en-
jambé formidablement l'antique passage du
Bœuf, Bos-Poros, et avait insolemment planté
sa queue de cheval attachée à une pique dans
la ville qui a sept collines comme Rome, et
qui avait eu des églises quand Rome n'avait
encore que des temples.

Depuis cette fatale année 1453, la Turquie,
comme nous l'avons dit plus haut, avait représenté en Europe la barbarie. En effet,
tout ce qu'elle touchait perdait en peu d'années la forme de la civilisation. Avec les
Turcs, et en même temps qu'eux, l'incendie
nextinguible et la peste perpétuelle s'étaient
installés à Constantinople. Sur cette ville,
qu'avait dominée si longtemps la croix lumi-

neuse de Constantin, il y avait toujours maintenant un tourbillon de flammes ou un drapeau noir.

Un de ces hasards mystérieux où l'esprit croit voir lisiblement écrits les enseignements directs de la Providence avait donné, comme proie à ce redoutable peuple, la métropole même de la sociabilité humaine, la patrie de la pensée, la terre de la poésie, de la philosophie et de l'art, la Grèce. A l'instant même, au seul contact des Turcs, la Grèce, fille de l'Egypte et mère de l'Italie, la Grèce était devenue barbare. Je ne sais quelle lèpre avait défiguré son peuple, son sol, ses monuments, jusqu'à son admirable idiome. Une foule de consonnes farouches et des syllabes hérissées avaient crû, comme la végétation d'épines et de broussailles qui obstrue les ruines, sur ses mots les plus doux, les plus sonores, les plus harmonieux, les mieux prononcés par les poètes. Le grec, en passant par la bouche des Turcs, en était retombé patois. Les vocables turcs, tourbe de tous les idiomes d'Asie, avaient troublé à jamais, en s'y précipitant pêle-mêle, cette langue si transparente, si pure et si splendide, langue de cristal d'où était sortie une poésie de diamant. Les noms des villes grecques s'étaient déformés et étaient devenus hideux. Les contrées voisines, sur lesquelles Hellé rayonnait jadis, avaient subi la même souil-

lure ; Argos s'était changée en Filoquia ;
Delos en Dili, Didymo-Tychos en Dimotuc,
Tzorolus en Tchourli, Zephirium en Zafra,
Sagalessus en Sadjaklu, Nyssa en Nous-
Shehr, Moryssus en Moucious, Cybistra en
Bustereh, le fleuve Acheloüs en Aspro-Pota-
mos, et le fleuve Poretus en Pruth. N'est-ce
pas avec le sentiment douloureux qu'inspirent
la dégradation et la parodie qu'on reconnaît,
dans Stan-Ko, Cos, patrie d'Apelles et d'Hip-
pocrate : dans Fionda, Phasélis, où Alexandre
fut obligé de mettre un pied dans la mer,
tant le passage Climax était étroit ; dans
Hesen-now, Novus, où était le trésor de Mi-
thridate ; dans Skipsilar, Scapta-Hyla, où
Thucydide avait des mines d'or, et écrivait
son histoire ; dans Temeswar, Tomi, où
fut exilé Ovide ; dans Kokso, Coutousos, où
fut exilé saint Chrysostome ; dans Giustendil,
Justiniana, berceau de Justinien : dans Sa-
lenti, Trajanapolis, tombeau de Trajan !
L'Olympe, l'Ossa, le Pélion et le Pinde s'appelaient le beylick de Janina ; un pacha
accroupi sur une peau de tigre fronçait le
sourcil dans la même montagne que Jupiter.
La dérision amère qui semblait sortir des
monts sortait aussi des choses ; l'Étoile, cette
ancienne république si puissante et si fière,
formait le Despotat. Quant à la vallée de
Tempé, *frigida Tempe*, devenue sauvage et
inaccessible sous le nom de Lycostomo,

pleine désormais de haine, de ronces et
d'obscurité, elle s'était métamorphosée en
vallée des Loups.

L'idée terrible qu'éveille la barbarie faite
nation, ayant des flottes et des armées, s'in-
carnait vivante et complète dans le sultan des
Turcs. C'est à peine si l'Europe osait regarder
de loin ce prince effrayant. Les richesses du
sultan, du Turc, comme on l'appelait, étaient
fabuleuses; son revenu dépassait quinze millions d'or. La sultane, sœur de Sélim, avait
deux mille cinq cents sequins d'or de rente
par jour. Le Turc était le plus grand prince
en cavalerie. Sans compter sa garde immé-
diate, les quatorze mille janissaires, qui
étaient une infanterie, il entretenait constamment autour de lui, sur le pied de guerre,
cinquante mille spahis et cent cinquante mille
timariots, ce qui faisait deux cent mille chevaux. Ses galères étaient innombrables.
L'année d'après Lépante, la flotte ottomane
tenait encore tête à toutes les marines réunies
de la chrétienté. Il avait de si grosse artillerie
que, s'il fallait en croire les bruits populaires,
le vent de ses canons ébranlait les murailles.
On se souvenait avec frayeur qu'au siège de
Constantinople, Mahomet II avait fait construire, en maçonnerie liée de cercles de fer,
un mortier monstrueux qu'on manœuvrait
sur rouleaux, que deux mille jougs de bœufs
pouvaient à peine traîner, et qui, inclinant sa

gueule sur la ville, y vomissait nuit et jour
des torrents de bitume et des blocs de rochers. Les autres princes, avec leurs engins
et leurs bombardes, semblaient peu de chose
auprès de ces sauvages sultans qui versaient
ainsi des volcans sur les villes. La puissance
du Turc était tellement démesurée, et il savait si bien faire front de toutes parts, que,
tout en guerroyant contre l'Europe, Soliman
avait pris à la Perse le Diarbékir et Amurat
la Médie ; Sélim avait conquis sur les mame-
luks l'Égypte et la Syrie, et Amurat III avait
exterminé les Géorgiens ligués avec le Sophi.
Le sultan ne mettait en communication avec
les rois de la chrétienté que la porte de son
palais. Il datait de son étrier impérial les
lettres qu'il leur écrivait, ou plutôt les ordres
qu'il leur donnait. Quand il avait un accès de
colère, il faisait casser les dents à leurs ambassadeurs à coups de poing par le bourreau.
Pour les Turcs même, l'apparition du sultan,
c'était l'épouvante. Les noms qu'ils lui donnaient exprimaient surtout l'effroi ; ils l'appelaient le *fils de l'esclave*, et ils nommaient
son palais d'été *la maison du meurtrier*. Ils
l'annonçaient aux autres nations par des glo-
rifications sinistres. *Où son cheval passe,*
disaient-ils, *l'herbe ne croît plus.*

Le roi des Espagnes et des Indes, espèce
de sultan catholique, était plus riche à lui
tout seul que tous les princes de la chrétienté

ensemble. A ne compter que son revenu ordinaire, il tirait chaque année d'Italie et de
Sicile quatre millions d'or, deux millions
d'or du Portugal, quatorze millions d'or de
l'Espagne, trente millions d'or de l'Amérique.
Les dix-sept provinces de l'État des Pays-Bas,
qui comprenait alors l'Artois, le Cambrésis
et les Ardennes, payaient annuellement au
roi catholique un ordinaire de trois millions
d'or. Milan était une riche proie, convoitée
de toutes parts, et par conséquent malaisée
à garder. Il fallait surveiller Venise, voisine
jalouse ; couvrir de troupes la frontière de
Savoie pour arrêter le duc, *se ruant à l'im-
pourvu*, comme disait Sully ; bien armer le
fort de Fuentes, pour tenir en respect les
Suisses et les Grisons ; entretenir et préparer
les bonnes citadelles du pays, surtout Novare,
Pavie, Crémone, *qui a*, comme écrivait
Montluc, *une tour forte tout ce qui se peut,
qu'on met entre les merveilles de l'Europe.*
Comme la ville était remuante, il fallait y
nourrir une garnison espagnole de six cents
hommes d'armes, de mille chevau-légers et
de trois mille fantassins, et bien tenir en état
le château de Milan, auquel on travaillait
sans cesse. Milan, on le voit, coûtait fort
cher ; pourtant, tous les frais faits, le Milanez
rapportait tous les ans à l'Espagne huit cents
mille ducats. Les plus petites fractions de
cette énorme monarchie donnaient leur de-

nier; les îles Baléares versaient par an cinquante mille écus. Tout ceci, nous le répé-
tons, n'était que le revenu ordinaire. L'extraordinaire était incalculable. Le seul produit
de la Cruzade valait le revenu du royaume :
rien qu'avec les subsides de l'église le roi
entretenait continuellement cent bonnes galères. Ajoutez à cela la vente des commanderies, les caducités des états et des biens, les
alcavales, les tiers, les confiscations, les dons
gratuits des peuples et des feudataires. Tous
les trois ans le royaume de Naples donnait
douze cent mille écus d'or, et, en 1615, la
Castille offrait au roi, qui daignait accepter,
quatre millions d'or payables en quatre ans.

Cette richesse se résolvait en puissance.
Ce que le sultan était par la cavalerie, le roi
d'Espagne l'était par l'infanterie. On disait
en Europe : *cavalerie turque, infanterie
espagnole*. Etre grave comme un gentilhomme, diligent comme un miquelet, solide
aux chocs d'escadrons, imperturbable à la
mousquetade, connaître son avantage et son
désavantage à la guerre, conduire silencieusement sa furie, suivre le capitaine, rester
dans le rang, ne point s'égarer, ne rien oublier, ne pas disputer, se servir de toute
chose, endurer le froid, le chaud, la faim, la
soif, le malaise, la peine et la fatigue, marcher
comme les autres combattent, combattre
comme les autres marchent, faire de la pa-

tience le fond de tout et du courage la saillie
de la patience ; voilà quelles étaient les qualités du fantassin espagnol. C'était le fantassin
castillan qui avait chassé les Maures, abordé
l'Afrique, dompté la côte, soumis l'Éthiopie
et la Cafrerie, pris Malacca et les îles Mo-
luques, conquis les vieilles Indes et le nouveau monde. Admirable infanterie qui ne se
brisa que le jour où elle se heurta au grand
Condé ! Après l'infanterie espagnole venait,
par ordre d'excellence, l'infanterie wallonne,
et l'infanterie wallonne était aussi au roi
d'Espagne. Sa cavalerie, qui ne le cédait qu'à
la turque, était la mieux montée qui fût en
Europe : elle avait les genets d'Espagne, les
coursiers de Règne, les chevaux de Bourgogne et de Flandre. Les arsenaux du roi
catholique regorgeaient de munitions de
guerre. Rien que dans les trois salles d'armes
de Lisbonne, il y avait des corselets pour
quinze mille hommes de pied, et des cuirasses
pour dix mille cavaliers. Ses forteresses
étaient sans nombre et partout, et dix d'entre
elles, Collioure, Perpignan et Salses au midi,
au nord Gravelines, Dunkerque, Hesdin,
Arras, Valenciennes, Philippeville et Marien-
bourg, faisaient brèche à la France d'aujourd'hui.

La plus grande puissance de l'Espagne, si
puissante par ses forteresses, sa cavalerie et
son infanterie, ce n'était ni son infanterie, ni

sa cavalerie, ni ses forteresses ; c'était sa
flotte. Le roi catholique, qui avait les meilleurs hommes de guerre de l'Europe, avait
aussi les meilleurs hommes de mer. Aucun
peuple navigateur n'égalait à cette époque les
catalans, les biscayens, les portugais et les
génois. Séville, qui comptait alors parmi les
principales villes maritimes de l'Europe, bien
que située assez avant dans les terres, et où
abordaient toutes les flottes du Mexique et du
Pérou, était une pépinière de matelots.

Pour nous faire une idée complète du
poids qu'avait l'Espagne autrefois comme
puissance maritime, nous avons voulu savoir
au juste ce que c'était que la grande armada
de Philippe II, si fameuse et si peu connue,
comme tant de choses fameuses. L'histoire
en parle et s'en extasie ; mais l'histoire qui
hait le détail, et qui, selon nous, a tort de le
haïr, ne dit pas les chiffres. Ces chiffres,
nous les avons cherchés dans l'ombre où
l'histoire les avait laissés tomber ; nous les
avons retrouvés à grand'peine ; les voici.
Rien, à notre sens, n'est plus instructif et
plus curieux.

C'était en 1588. Le roi d'Espagne voulut en
finir d'une seule fois avec les Anglais, qui
déjà le harcelaient et taquinaient le colosse.
Il arma une flotte. Il y avait dans cette flotte
vingt-cinq gros vaisseaux de Séville, vingt-
cinq de Biscaye, cinquante petits vaisseaux

de Catalogne et de Valence, cinquante bar-
ques de la côte d'Espagne, vingt chaloupes
des quatre vilages de la côte de Guipuzcoa,
cent gabares de Portugal, quatorze galères
d'Espagne et trente ourques d'Allemagne :
en tout trois cent cinquante voiles manœu-
vrées par neuf mille marins.

On n'apprécierait pas exactement cette
escadre si l'on ne se rappelait ce que c'était
alors qu'une galère. Une galère représentait
une somme considérable. Toute la côte septentrionale d'Afrique, Alger et Tripoli exceptées, ne produisait pas au sultan de quoi faire
et maintenir deux galères.

L'approvisionnement de bouche de l'armada était immense. En voici le chiffre singulier et très exact : cent soixante-sept mille
cinq cents quintaux de biscuit, fournis par
Murcie, Burgos, Campos, la Sicile, Naples,
et les îles ; onze mille quintaux de chair
salée, fournis par l'Estramadure, la Galice
et les Asturies ; onze mille quintaux de lard,
fournis par Séville, Ronda et la Biscaye ;
vingt-trois mille barils de poisson salé, fournis par Cadix et l'Algarve ; vingt-huit mille
quintaux de fromage, fournis par Mayorque,
Senegallo et le Portugal ; quatorze mille
quintaux de riz, fournis par Gênes et Valence ; vingt-trois mille poids d'huile et de
vinaigre, fournis par l'Andalousie ; le poids
valait vingt-cinq livres ; vingt-six mille fa-

nègues de fèves, fournies par Carthagène et
la Sicile ; vingt-six mille poinçons de vin,
fournis par Malaga, Maxovella, Ceresa et
Séville. Les provisions en blé, fer et toiles
venaient d'Andalousie, de Naples et de Biscaye. Le total s'en est perdu.

Cette flotte portait une armée : vingt-cinq
mille Espagnols, cinq mille tirés des régiments d'Italie, six mille des Canaries, des
Indes et des garnisons de Portugal, le reste
des recrues ; douze mille Italiens commandés
par dix mestres de camp ; vingt-cinq mille
Allemands ; douze cents chevau-légers de
Castille, deux cents de la côte et deux cents de
la frontière, c'est-à-dire seize cents cavaliers ;
trois mille huit cents canonniers et quatre
cents gastadours ; ce qui, en y comprenant
les neuf mille marins, faisait en tout soixante-
seize mille huit cents hommes.

Ce monstrueux armement eût anéanti l'Angleterre. Un coup de vent l'emporta.

Ce coup de vent, qui souffla dans la nuit
du 2 septembre 1588, a changé la forme du
monde.

Outre ses forces visibles, l'Espagne avait
ses forces occultes. Certes, sa surface était
grande, mais sa profondeur était immense.
Elle avait partout sous terre des galeries, des
sapes, des mines et des contre-mines, des
fils cachés, des ramifications inconnues, des
racines inattendues. Plus tard, quand Riche-

lieu commença à donner des coups de bêche
dans le vieux sol européen, il était surpris à
chaque instant de sentir rebrousser l'outil et
de rencontrer l'Espagne. Ce qu'on voyait
d'elle au grand jour allait loin ; ce qu'on ne
voyait pas pénétrait plus avant encore. On
pourrait dire que, dans les affaires de l'univers à cette époque, il y avait encore plus
d'Espagne en dessous qu'en dessus.

Elle tenait aux princes d'Italie par les ma-
riages, *Austria, nube ;* aux républiques
marchandes par le commerce ; au pape, par
la religion, par je ne sais quoi de plus catholique que Rome même ; au monde entier,
par l'or dont elle avait la clef. L'Amérique
était le coffre-fort, l'Espagne était le caissier.
Comme maison d'Autriche, elle dominait
pompeusement l'Allemagne et la menait
sourdement. L'Allemagne, dans les mille
ans de son histoire moderne, a été possédée
une fois par le génie de la France, sous
Charlemagne, et une fois par le génie de
l'Espagne, sous Charles-Quint. Seulement,
Charles-Quint mort, l'Espagne n'avait pas
lâché l'Allemagne.

Comme on voit, l'Espagne avait quelque
chose de plus puissant encore que sa puissance, c'était sa politique. La puissance est le
bras, la politique est la main.

L'Europe, on le conçoit, était mal à l'aise
entre ces deux empires gigantesques, qui

pesaient sur elle du poids de deux mondes.
Comprimée par l'Espagne à l'occident et par
la Turquie à l'orient, chaque jour elle semblait se rétrécir ; et la frontière européenne,
lentement repoussée, reculait vers le centre.
La moitié de la Pologne et la moitié de la
Hongrie étaient déjà envahies, et c'est à
peine si Varsovie et Bude étaient en deçà de
la barbarie. L'ordre méditerranéen de Saint-
Jean-de-Jérusalem avait été refoulé sous
Charles-Quint de Rhodes à Malte. Gênes,
dont la domination atteignait jadis le Tanaïs,
Gênes, qui autrefois possédait Chypre, Les-
bos, Chio, Péra et un morceau de la Thrace,
et à laquelle l'empereur d'Orient avait donné
Mitylène, avait successivement lâché pied
devant les Turcs de position en position, et se
voyait maintenant acculée à la Corse.

L'Europe résistait pourtant aux deux États
envahisseurs. Elle bandait entre eux toutes
ses forces, pour employer l'énergique langue
de Sully et de Mathieu. La France, l'Angleterre et la Hollande se roidissaient contre
l'Espagne ; le Saint-Empire, aidé par la Pologne, la Hongrie, Venise, Rome et Malte,
luttait contre les Turcs.

Le roi de Pologne était pauvre, quoiqu'il
fût plus riche que s'il eût été roi d'un des
trois grands royaumes d'Écosse, de Sardaigne ou de Navarre, lesquels ne rappor-
taient pas cent mille écus de rente ; il avait

six cent mille écus par an, et la Lithuanie
le défrayait. Excepté quelques régiments
suisses ou allemands, il n'entretenait pas
d'infanterie ; mâis sa cavalerie, composée
de cent mille combattants polonais et de
soixante-dix mille Lithuaniens, était excel-
lente. Cette cavalerie, protégeant une vaste
frontière, avait cela d'efficace pour défendre
contre les hordes du sultan l'immense et
tremblant troupeau des nations civilisées,
qu'elle était organisée à la turque, et que
sauvage, farouche et violente dans son allure,
elle ressemblait à la cavalerie ottomane
comme le chien-loup ressemble au loup.
L'empereur couvrait le reste de la frontière,
de Knin, sur l'Adriatique, à Szolnock, près
du Danube avec vingt mille lansquenets,
dépense insuffisante en temps de paix. Venise et Malte couvraient la mer.

Nous ne mentionnons plus Gênes qu'en
passant. Gênes, trop de fois humiliée, surveillait sa rivière avec quatre galères, en
laissait pourrir vingt-cinq dans son arsenal,
se risquait peu au dehors et s'abritait sous le
roi d'Espagne.

Malte avait trois cuirasses, ses forteresses,
ses navires et la valeur de ses chevaliers. Ces
braves gentilshommes, soumis dans Malte à
des règles somptuaires tellement sévères, que
le plus qualifié d'entre eux ne pouvait se
faire faire un habit neuf sans la permission

du bailli drapier, se vengeaient de ces con-
traintes claustrales par un déchaînement de
bravoure inouï, et, brebis dans l'île, deve-
naient lions sur la mer. Une galère de Malte,
qui ne portait jamais plus de seize canons et
de cinq cents combattants, attaquait sans
hésiter trois galions turcs.

Venise, opulente et hardie, appuyée sur
sept villes fortes qui étaient à elle en Lombardie et dans la Marche, maîtresse du Frioul
et de l'Istrie, maîtresse de l'Adriatique, dont
la garde lui coûtait cinq mille ducats par an,
bloquant les uscoques avec cinq fustes toujours armées, fièrement installée à Corfou, à
Zante, à Céphalonie, dans toutes les îles de
la côte depuis Zara jusqu'à Cérigo, entrete-
nant perpétuellement sur le pied de guerre
vingt-cinq mille cernides, trente-cinq mille
lansquenets, suisses et grisons, quinze cents
lances, mille chevau-légers lombards et trois
mille stradiots dalmates, Venise faisait réso-
lument obstacle au sultan. Même lorsqu'elle
eut perdu Andro et Paros, qu'elle avait
dans l'Archipel, elle garda Candie ; et là,
debout sur ce magnifique barrage naturel
qui clôt la mer Égée, fermant aux Turcs la
sortie de l'Archipel et l'entrée de la Méditerranée, elle tint en échec la barbarie.

Le service de mer à Venise impliquait la
noblesse. Tous les capitaines et les surco-
mites des navires étaient nobles vénitiens.

La république avait toujours en mer quarante galères, dont vingt grosses. Elle avait
dans son admirable arsenal, unique au
monde, deux cents galères, des ouvriers
capables de mettre hors du port trente vaisseaux en dix jours, et un armement suffisant
pour toutes les marines de la terre.

Le Saint-Siège était d'un grand secours.
Rien n'est plus curieux que de rechercher
aujourd'hui quel prince temporel, quelle
puissance politique et militaire il y avait
alors dans le pape, si haut situé comme prince
spirituel. Rome, qui avait eu jadis cinquante
milles d'enceinte, n'en avait plus que seize ;
ses portes, divisées autrefois en quatorze régions, étaient réduites à treize ; elle avait
subi sept grands pillages historiques ; mais,
quoique violée, elle était restée sainte ; quoique démantelée, elle était restée forte. *Rome*,
s'il nous est permis de rappeler ce que nous
avons dit ailleurs, *sera toujours Rome*. Le
pape tenait une des marches d'Italie, Ancône,
et l'un des quatre duchés lombards, Spolette ; il avait Ancône, Comachio et les bou-
ches du Pô sur le golfe de Venise, Civita-
Vecchia sur la mer Tyrrhène. L'État de
l'Église comprenait la campagne de Rome et
le patrimoine de saint Pierre, la Sabine,
l'Ombrie, c'est-à-dire toute l'ombre de l'Apen-
nin, la marche d'Ancône, la Romagne, le
duché de Ferrare, le pays de Pérouse, le

Bolonais et un peu de Toscane ; une ville du
premier ordre, Rome : une du second, Bo-
logne ; huit du troisième, Ferrare, Pérouse,
Ascoli, Ancône, Forli, Ravenne, Fermo et
Viterbe ; quarante-cinq places de tout rang,
parmi lesquelles Rimini, Cesena, Faënza et
Spolette ; cinquante évêchés et un million et
demi d'habitants. En outre, le Saint-Père
possédait en France le Comtat Venaissin, qui
avait pour cœur le redoutable palais-forte-
resse d'Avignon. L'état romain, vu sur une
carte, présentait la forme, qu'il a encore,
d'une figure assise dans la grave posture des
dieux d'Égypte, avec l'Abruzze pour chaise,
Modène et la Lombardie sur sa tête, la Toscane sur sa poitrine, la terre de Labour sous
ses pieds, adossée à l'Adriatique et ayant la
Méditerranée jusqu'aux genoux. Le souverain pontife était riche. Il semait des indul-
gences et moissonnait des ducats. Il lui suffisait de donner une signature pour faire con-
tribuer le monde. *Tant que j'aurai une
plume*, disait Sixte-Quint, *j'aurai de l'argent*. Propos de pape ou de grand écrivain.
En effet Sixte-Quint, qui était un pape lettré,
artiste et intelligent, n'hésitant devant aucune dépense royale, mit en cinq ans quatre
millions d'or en réserve au château Saint-
Ange. Avec les contributions de tous les
fidèles de l'univers, le saint-père se donnait
une bonne armée, vingt-cinq mille hommes

dans la Marche et la Romagne, vingt-cinq mille hommes dans la Campagne et le Patrimoine ; la moitié aux frontières ; la moitié sous Rome. Au besoin il grossissait cet armement. Grégoire VII et Alexandre III tinrent tête à des princes qui disposaient des forces de l'empire, à son apogée dans leur temps, jointes aux troupes des deux Siciles. Un jour, le duc de Ferrare se permit d'aller faire du sel à Comachio. « *Le saint-père*, nous citons ici deux lignes d'une lettre de Mazarin, *avec ses raisons et une armée qu'il leva, amena le duc au repentir* et lui prit son état. » Voilà ce que c'était que les soldats du pape. Cette milice faisait admirablement respecter l'état romain. Ajoutez à cela l'Ombrie, grande forteresse naturelle où Annibal s'est rebroussé, et pour côtes, au nord comme au midi, les rivages les plus battus de toute l'Italie. Aucune descente possible. Le pape, sur les deux mers, était gardé et défendu par la tempête.

Posé et assuré de cette façon, il coopérait au grand et perpétuel combat contre le Turc. Aujourd'hui le saint-père envoie des camées au pacha d'Égypte, et se promène sur le bateau à vapeur *Mahmoudièh*. — Fait inouï et qui montre brusquement, quand on y réfléchit, le prodigieux changement des choses : le pape assis paisiblement dans cette invention des Huguenots baptisée d'un nom turc !

— Dans ce temps-là il remplissait vaillam-
ment son office de pape, et envoyait ses galères mitrées d'une tiare à Lépante. Dès que
les croissants et les turbans surgissaient, il
n'avait plus rien à lui, ni un soldat, ni un
écu ; il contribuait à son tour. Ainsi, dans
l'occasion, ce que les chrétiens avaient donné
au pape, le pape le rendait à la chrétienté.
Dans la ligue de 1542 contre les Ottomans,
Paul III envoya à Charles-Quint douze mille
fantassins et cinq cents chevaux.

A la fin du seizième siècle, en 1588, un
orage avait sauvé l'Angleterre de l'Espagne ;
à la fin du dix-septième, en 1683, Sobieski
sauva l'Allemagne de la Turquie. Sauver
l'Angleterre, c'était sauver l'Angleterre ; sauver l'Allemagne, c'était sauver l'Europe. On
pourrait dire qu'en cette mémorable conjoncture, la Pologne fit l'office de la France. Jusqu'alors c'était toujours la France que la
barbarie avait rencontrée, c'était toujours
devant la France qu'elle s'était dissoute. En
496, venant du nord, elle s'était brisée à
Clovis ; en 732, venant du midi, elle s'était
brisée à Charles-Martel.

Cependant, ni l'invincible armada vaincue
par Dieu, ni Kara-Mustapha battu par Sobieski, ne rassuraient pleinement l'Europe.
L'Espagne et la Turquie étaient toujours debout, et le dix-septième siècle croyait les
voir grandir indéfiniment, de plus en plus

redoutables et de plus en plus menaçantes, dans un terrible et prochain avenir. La politique, cette science conjecturale comme la médecine, n'avait alors pas d'autre prévision. A peine se tranquillisait-on un peu par moments en songeant que les deux colosses se rencontraient sur la mer Rouge et se heurtaient en Asie.

Ce choc dans l'Arabie Heureuse, si lointain et si indistinct, ne diminuait pas, aux yeux des penseurs, les fatales chances qui s'amoncelaient sur la civilisation. A l'époque dont nous venons d'esquisser le tableau, l'anxiété était au comble. Un écrit intitulé *les Forces du roy d'Espagne*, imprimé à Paris en 1627, avec privilège du roi et gravure d'Isac Jaspar, dit : « L'ambition de ce roy seroit de posséder toute chose. Ses flottes, qui vont et viennent, brident l'Angleterre, et empeschent les navires des austres estats de courir à leur fantaisie. » Dans un autre écrit, publié vers la même époque et qui a pour titre : *Discours sommaire de l'estat du Turc*, nous lisons : « Il (le Turc) donne avec beaucoup de sujet l'alarme de la chrestienté, vu qu'il a tant de moyens de faire une grosse armée en la levant sur les pays qu'il possède. Il faudroit manquer du tout de jugement pour estre sans appréhension d'un tel déluge. »

IV

Aujourd'hui, par la force mystérieuse des choses, la Turquie est tombée, l'Espagne est tombée.

A l'heure où nous parlons, les assignats (1), cette dernière vermine des vieilles sociétés pourries, dévorent l'empire turc.

Depuis longtemps déjà une autre nation a Gibraltar comme le sauvage coud à son manteau l'ongle du lion mort.

Ainsi, en moins de deux cents ans, les deux colosses qui épouvantaient nos pères se sont évanouis.

L'Europe est-elle délivrée ? Non.

Comme au dix-septième siècle, un double péril la menace. Les hommes passent, mais l'homme reste ; les empires tombent, les égoïsmes se reforment. Or, à l'instant où nous sommes, de même qu'il y a deux cents ans, deux immenses égoïsmes pressent l'Europe et la convoitent. L'esprit de guerre, de violence et de conquête est encore debout à l'orient ; l'esprit de commerce, de ruse et d'aventure est encore debout à l'occident. Les deux géants se sont un peu déplacés et sont remontés vers le nord, comme pour saisir le continent de plus haut.

(1) En Turquie ils s'appellent *schim*.

A la Turquie a succédé la Russie : à l'Espagne a succédé l'Angleterre.

Coupez par la pensée, sur le globe du monde, un segment, qui, tournant autour du pôle, se développe du cap Nord européen au cap Nord asiatique, de Tornéa au Kamtchatka. de Varsovie au golfe d'Anadyr, de la mer Noire à la mer d'Okhotsk, et qui, au couchant, entamant la Suède, bordant la Baltique, dévorant la Pologne, au midi échancrant la Turquie, absorbant le Caucase et la mer Caspienne, envahissant la Perse, suivant la longue chaîne qui commence aux monts Ourals et finit au cap Oriental, côtoie le Turkestan et la Chine, heurte le Japon par le cap Lopatka, et, parti du milieu de l'Europe. aille au détroit de Behring toucher l'Amérique à travers l'Asie ; outre la Pologne, jetez pêle-mêle dans ce monstrueux segment la Crimée, la Géorgie, le Chirvan, l'Imiretée. l'Abascie, l'Arménie et la Sibérie ; groupez alentour les îles de la Nouvelle-Zemble. Spitzberg, Vaigaiz et Kalgouef, Aland, Dagho et Oesel, Clarke, Saint-Mathieu, Saint-Paul. Saint-Georges, les Aleutiennes, Kodiak, Sitka et l'archipel du Prince-de-Galles ; dispersez dans cet espace immense soixante millions d'hommes, vous aurez la Russie.

La Russie a deux capitales : l'une coquette. élégante, encombrée des énormes colifichets du goût Pompadour qui s'y sont faits palais

et cathédrales, pavée de marbre blanc, bâtie
d'hier, habitée par la cour, épousée par l'empereur ; l'autre chargée de coupoles de cuivre
et de minarets d'étain, sombre, immémoriale
et répudiée. La première, Saint-Pétersbourg,
représente l'Europe ; la seconde, Moscou, représente l'Asie. Comme l'aigle d'Allemagne,
l'aigle de Russie a deux têtes.

La Russie peut mettre sur pied une armée
de onze cent mille hommes.

Le débordement possible des Russes fait
réparer la muraille de Chine et bâtir la muraille de Paris.

Ce qui était le grand knez de Moscovie est
à présent l'empereur de Russie. Comparez
les deux figures, et mesurez les pas que Dieu
fait faire à l'homme.

Le knez s'est fait tzar, le tzar s'est fait czar,
le czar s'est fait empereur. Ces transformations, disons-le, sont de véritables avatars.
A chaque peau qu'il dépouille, le prince moscovite devient de plus en plus semblable à
l'Europe, c'est-à-dire à la civilisation.

Pourtant, que l'Europe ne l'oublie pas,
ressembler, ce n'est pas s'identifier.

L'Angleterre a l'Écosse et l'Irlande, les
Hébrides et les Orcades ; avec le groupe des
îles Shetland, elle sépare le Danemark des
îles Féroé et de l'Islande ; ferme la mer du
Nord et observe la Suède ; avec Jersey et
Guernesey, elle observe la France. Puis elle

part, elle tourne autour de la péninsule, pose
son influence sur le Portugal et son talon sur
Gibraltar, et entre dans la Méditerranée après
en avoir pris la clef. Elle enjambe les Baléares, la Corse, la Sardaigne et la Sicile ; là,
elle trouve Malte, et s'y installe entre la Sicile et Tunis, entre l'Italie et l'Afrique ; de
Malte, elle gagne Corfou, d'où elle surveille
la Turquie en fermant la mer Adriatique ;
Sainte-Maure, Céphalonie et Zante, d'où elle
surveille la Morée en dominant la mer
Ionienne ; Cérigo d'où elle surveille Candie
en bloquant l'Archipel. Ici, il faut rebrousser
chemin, l'Égypte barre le passage, l'isthme
de Suez n'est pas encore coupé ; elle revient sur ses pas, et rentre dans l'Océan. Elle
a tourné l'Espagne, cette petite presqu'île :
elle va tourner l'Afrique, cette presqu'île
énorme. Le trajet est malaisé sur cette plage
où un océan de sable se mêle au grand océan
des flots. Comme un homme qui traverse un
gué avec précaution de pierre en pierre, elle
a des repos marqués pour tous les pas qu'elle
fait. Elle met d'abord le pied à Saint-James,
à l'embouchure de la Gambie, d'où elle épie
le Sénégal français. Son second pas s'imprime sur la côte, à Cachéo, le troisième à
Sierra-Leone ; le quatrième au cap Corse.
Puis elle se risque dans l'Océan Atlantique,
et réunit sous son pavillon l'Ascension,
Sainte-Hélène et Fernando-Po, triangle d'îles

qui entre profondément dans le golfe de Guinée. Ainsi appuyée, elle atteint le Capet s'empare de la pointe d'Afrique comme elle s'est
emparée à Gibraltar de la pointe d'Europe.
Du Cap, elle remonte, au nord, de l'autre
côté de la presqu'île africaine, aborde les
Mascarenhas, l'île de France et Port-Louis,
d'où elle tient en respect Madagascar, et
s'établit aux îles Seychelles, d'où elle com-
mande toute la côte orientale du cap Delgado
au cap Gardafu. Ici il n'y a plus que la mer
Rouge qui la sépare de la Méditerranée et de
l'Archipel ; elle a fait le tour de l'Afrique ;
elle est presque revenue au point d'où elle
était partie. Voici la mer des Indes, voilà
l'Asie.

L'Angleterre entre en Asie ; des Seychelles
aux Laquedives il n'y a qu'un pas, elle prend
les Laquedives ; après quoi elle étend la
main et saisit l'Hindoustan, tout l'Hindoustan, Calcutta, Madras et Bombay, ces trois
provinces de la compagnie des Indes, grands
comme des empires ; et sept royaumes, Né-
paul, Oude, Barode, Nagpour, Nizam, Maïs-
sour et Travancore. Là elle touche à la Russie ; le Turkestan chinois seul l'en sépare.
Maîtresse du golfe d'Oman, que borde l'immense côte qu'elle possède de Haydérabad à
Trivanderam, elle atteint la Perse et la Turquie par le golfe Persique, qu'elle peut fermer, et l'Égypte par la mer Rouge, qu'elle

peut bloquer également. L'Hindoustan lui donne Ceylan. De Ceylan elle se glisse entre les Nicobar et les îles Andamans, prend terre sur la longue côte des monts Mogs, dans l'Indo-Chine, et la voilà qui tient le golfe du Bengale. Tenir le golfe du Bengale, c'est faire la loi à l'empire des Birmans. Les monts Mogs lui ouvrent la presqu'île de Malacca ; elle s'y étend et s'y consolide. De Malacca elle observe Sumatra, des îles Singapour elle observe Bornéo. De cette façon, possédant le cap Romania et le cap Comorin, elle a les deux grandes pointes d'Asie comme elle a la pointe d'Europe, comme elle a la pointe d'Afrique.

A l'heure où nous sommes, elle attaque la Chine de vive force après avoir essayé de l'empoisonner, ou du moins de l'endormir.

Ce n'est pas tout ; il reste deux mondes, la Nouvelle-Hollande et l'Amérique, elle les saisit. De Malacca, elle traverse le groupe inextricable des îles de la Sonde, cette conquête de la vieille navigation hollandaise, et s'empare de la Nouvelle-Hollande tout entière, terre vierge qu'elle féconde avec des forçats, et qu'elle garde jalousement, crénelée dans les îles Bathurst au nord et dans l'île de Diemen au sud, comme dans deux forteresses.

Puis elle suit un moment la route de Cook, laisse à sa gauche les six archipels de l'Océa-

nie, louvoie devant la longue muraille des
Cordilières et des Andes, double le cap Horn,
remonte les côtes de la Patagonie et du Brésil, et prend terre enfin sous l'équateur au
sommet de l'Amérique méridionale, à Sta-
brok, où elle crée la Guyane anglaise. Un
pas, et elle est maîtresse des îles du Vent, ce
cromlech d'îles qui clôt la mer des Antilles ;
un autre pas, et elle est maîtresse des îles
Lucayes, longue barricade qui ferme le golfe
du Mexique. Il y a vingt-quatre petites Antilles, elle en prend douze ; il y a quatre
grandes Antilles, Cuba, Saint-Domingue, la
Jamaïque et Porto-Rico, elle se contente d'une,
la Jamaïque d'où elle gêne les trois autres.
Ensuite, au milieu même de l'isthme de Pa-
nama, à l'entrée du golfe d'Honduras, elle
découpe en terre ferme un morceau du Yucatan, et y pose son établissement de Balise
comme une vedette entre les deux Amériques.
Là, pourtant, le Mexique la tient en échec,
et, au delà du Mexique, les États-Unis, cette
colonie dont la nationalité est un affront pour
elle. Elle se rembarque, et des îles Lucayes,
s'appuyant sur les Bermudes, où elle plante
son pavillon, elle atteint Terre-Neuve, cette
île qui, vue à vol d'oiseau, a la forme d'un
chameau agenouillé sur l'océan et levant sa
tête vers le pôle. Terre-Neuve, c'est la station de son dernier effort. Il est gigantesque.
Elle allonge le bras et s'approprie d'un coup

tout le nord de l'Amérique, de l'Océan Atlantique au grand Océan, les îles de la Nouvelle-Écosse, le Canada et le Labrador, la baie d'Hudson et la mer de Baffin, le Nouveau-Norfolk, la Nouvelle-Calédonie et les archipels de Quadra et de Vancouver, les Iroquois, les Chipeouays, les Eskimaux, les Kristinaux, les Koliougis et, au moment de saisir les Ougalacmioutis et les Kitègues, elle s'arrête tout à coup; la Russie est là. Où l'Angleterre est venue par mer, la Russie est venue par terre, car le détroit de Behring ne compte pas, et là, sous le cercle polaire, parmi les sauvages hideux et effarés, dans les glaces et les banquises, à la réverbération des neiges éternelles, à la lueur des aurores boréales, les deux colosses se contemplent et se reconnaissent.

Récapitulons. L'Angleterre tient les six plus grands golfes du monde, qui sont les golfes de Guinée, d'Oman, de Bengale, du Mexique, de Baffin et d'Hudson; elle ouvre ou ferme à son gré neuf mers, la mer du Nord, la Manche, la Méditerranée, l'Adriatique, la mer Ionienne, la mer de l'Archipel, le golfe Persique, la mer Rouge, la mer des Antilles. Elle possède en Amérique un empire, la Nouvelle-Bretagne, en Asie un empire, l'Hindoustan, et dans le grand Océan un monde, la Nouvelle-Hollande.

En outre, elle a d'innombrables îles, qui

sont, sur toutes les mers et devant tous les
continents, comme des vaisseaux en station
et à l'ancre, et avec lesquelles, île et navire
elle-même, embossée devant l'Europe, elle
communique pour ainsi dire sans solution de
continuité, par ses innombrables vaisseaux,
îles flottantes.

Le peuple d'Angleterre n'est pas par lui-
même un peuple souverain, mais il est pour
d'autres nations un peuple suzerain. Il gouverne féodalement deux millions trois cent
soixante-dix mille Écossais, huit millions deux
cent quatre vingt mille Irlandais, deux cent
quarante-quatre mille Africains, soixante
mille Australiens, un million six cent mille
Américains et cent vingt-quatre millions d'A-
siatiques ; c'est-à-dire que quatorze millions
d'Anglais possèdent sur la terre cent trente-
sept millions d'hommes.

Tous les lieux que nous avons nommés
dans les quelques pages qu'on vient de lire
sont les points d'attache de l'immense filet
où l'Angleterre a pris le monde.

V

Voici ce qui a perdu la Turquie :
Premièrement, l'immensité du territoire
formé d'états juxtaposés et non cimentés. Le

ciment des nations, c'est une pensée commune. Des peuples ne peuvent adhérer entre
eux s'ils n'ont une même langue dont les
mots circulent comme la monnaie de l'esprit
de tous possédée tour à tour par chacun. Or,
ce qui fait circuler la langue, ce qui imprime
une effigie aux mots, ce qui crée la pensée
commune, c'est avant tout, l'art, la poésie,
la littérature, *humaniores litteræ*. Point
d'art ni de lettres en Turquie, donc point de
langue circulant de peuple à peuple, point de
pensée commune, point d'unité. Ici on parlait
latin, là grec, ailleurs slave, plus loin arabe,
persan ou hindou. Ce n'était pas un empire,
c'était un bloc taillé par le sabre, un composé
hybride de nations qui se touchaient, mais
qui ne se pénétraient pas. Ajoutez à cela des
déserts, faits tantôt par la conquête, tantôt
par le climat, immenses solitudes que la
sève sociale ne pouvait traverser.

Deuxièmement, le despotisme du prince.
Le sultan était tout ensemble pontife et empereur, souverain temporel et souverain spirituel, chef politique, chef militaire et chef
religieux. Ses sujets lui appartenaient, biens,
corps et esprit, d'une façon absolue et terrible, comme sa chose et plus que sa chose. Il
pouvait les condamner et les damner. Sultan,
il avait leur vie ; commandeur des croyants,
il avait leur âme. Or malheur à l'individu qui
est en même temps ordinaire comme homme

et extraordinaire comme prince! Trop de
pouvoir est mauvais à l'homme. Être prêtre,
être roi, être dieu, c'est trop. Le bourdonnement confus de toutes les volontés éveillées
qui demandent à être satisfaites à la fois assourdit le pauvre cerveau de celui qui peut
tout, étourdit son intelligence, dérange la
génération de sa pensée et le rend fou. On
pourrait dire et démontrer, preuves en main,
que la plupart des empereurs romains et des
sultans ont été dans une situation cérébrale
particulière. Sans doute il faut admettre, et
l'histoire enregistre par intervalles l'admirable accident d'un despote illustre, intelligent et supérieur ; mais en général et presque toujours le sultan est vulgaire. De là des
désordres sans nombre ; l'effroyable oscilla-
tion d'une volonté suprême qui heurte et brise
tout dans l'état. Le despotisme, utile, expé-
dient, inspirateur, parfois nécessaire pour les
hommes de génie, effare et trouble l'homme
médiocre. Le vin des forts est le poison des
faibles.

Troisièmement, les révolutions de sérail,
les conspirations de palais ; le despote étran-
glant ses frères, les frères empoisonnant ou
égorgeant le despote ; la défiance du père au
fils et du fils au père, le soupçon dans le
foyer, la haine dans l'alcôve ; des maladies
inconnues, des fièvres suspectes, des morts
obscures ; l'éternel complot des grands, tou-

jours placés entre une ascension sans terme et une chute sans fond ; l'émeute et le bouillonnement des petits, toujours malheureux, toujours irrités ; la terreur dans la famille impériale, le tremblement dans l'empire ; faits graves, tristes et permanents qui découlent du despotisme.

Quatrièmement, un gouvernement mauvais, à la fois dur et mou, lequel sort en chancelant de ce despote qui ne pense jamais, et de ce palais qui tremble toujours ; pouvoir sans cohésion superposé à un état sans unité. Les populations de cet empire à demi barbare sont dans l'ombre ; d'elles-mêmes et d'autrui, de leurs intérêts, de leur avenir, elles distinguent et savent peu de choses ; le gouvernement, qui devrait les guider et qui s'y hasarde en effet, ignore presque tout et méconnaît le reste. Or, pour les gouvernements comme pour les individus, méconnaître est pire qu'ignorer. Où ira cette nation forte, puissante, exubérante, redoutable, mais ignorante ? Qui la mène et où la mène-t-on ? Elle tâtonne et voit à peine devant elle ; son gouvernement y voit moins encore. Étrange spectacle ! un myope conduit par un aveugle.

Cinquièmement, la servitude posée comme un bât sur le peuple. Sous la domination turque, le laboureur ne s'appartenait pas ; il était à un propriétaire. Il y avait un premier

bétail, le troupeau, et un deuxième bétail, le
paysan. Ainsi la dépopulation partout, point
de vraie culture, un sillon détesté du laboureur. La propriété et la liberté font aimer la
terre à l'homme ; la servitude la lui fait haïr.
Le cœur se serre en étudiant cet état ; qu'on
l'examine en haut ou qu'on le regarde en
bas, les deux extrémités se ressemblent par
la misère intellectuelle. Que peut devenir la
société humaine entre un prince que le despotisme hébète et un paysan que l'esclavage
abrutit ?

Sixièmement, l'abus des colonies militaires. Les timariots étaient des colons soldats. C'est une erreur qu'avaient les Turcs de
croire qu'on refait de la population de cette
manière. Le procédé manque le but. Un village qui est un régiment n'est plus un village.
Un régiment est toujours coupé carrément ;
un village doit choisir son lieu, et y germer
naturellement, et y croître au soleil. Un village est un arbre, un régiment est une
poutre. Pour faire le soldat on tue le paysan.
Or, pour la vie intérieure et profonde des
empires, mieux vaut un paysan qu'un soldat.

Septièmement, l'oppression des pays conquis ; une langue barbare imposée aux vain-
cus ; une noble nation, illustre, historique,
grande dans les souvenirs et les sympathies
de l'Europe, jadis libre, jadis républicaine,

décimée, extirpée, livrée au sabre et au fouet,
écrasée, dans l'homme, dans la femme et
jusque dans l'enfant, déracinée de son propre
sol, transplantée au loin, jetée au vent, foulée
aux pieds. Ces voies de fait du peuple vain-
queur sur le peuple vaincu sont accompa-
gnées de cris d'horreur, et finissent par
révolter toute la terre. Quand l'heure a enfin
sonné, les peuples opprimés se lèvent, et le
monde se lève de leur côté.

Huitièmement, la religion sans l'intelligence, la foi sans la réflexion, c'est-à-dire
l'idolâtrie ; un peuple dévot sans perception
directe du beau, du juste et du vrai, qui n'a
plus dans la tête que les deux yeux louches et
faux de sa croyance, le fatalisme, à travers
lequel il voit l'homme, le fanatisme, à travers
lequel il voit Dieu.

Ainsi, un grand territoire mal lié, un gouvernement inintelligent, les conspirations de
palais, l'abus des colonies militaires, la servitude du paysan, l'oppression féroce des
pays conquis, le despotisme dans le prince,
le fanatisme dans le peuple, — voilà ce qui
a perdu la Turquie. Que la Russie y songe !

Voici ce qui a perdu l'Espagne :

Premièrement, la manière dont le sol était
possédé. En Espagne, tout ce qui n'appartenait pas au roi appartenait à l'église ou à l'a-
ristocratie. Le clergé espagnol était, qu'on
nous permette ce mot sévèrement évangé-

lique, scandaleusement riche. L'archevêque
de Tolède, du temps de Philippe III, avait
deux cent mille ducats de rente, ce qui représente aujourd'hui environ cinq millions
de francs. L'abbesse de las Buelgas de Bur
gos était dame de vingt-quatre villes et de
cinquante villages, et avait la collation de
douze commanderies. Le clergé, sans compter les dîmes et les prébendes, possédait un
tiers du sol ; la grandesse possédait le reste.
Les domaines des grands d'Espagne étaient
presque de petits royaumes. Les rois de
France exilaient un duc et pair dans ses
terres ; les rois d'Espagne exilaient un grand
dans ses états, *en sus estados*. Les seigneurs
espagnols étaient les plus grands proprié-
taires, les plus grands cultivateurs et les plus
grands bergers du royaume. En 1617, le
marquis de Gebraleon avait un troupeau de
huit cent mille moutons. De là des provinces
entières, la Vieille-Castille, par exemple,
laissées en friche et abandonnées à la vaine
pâture. Sans doute la petite propriété et la
petite culture ont leurs inconvénients, mais
elles ont d'admirables avantages. Elles lient
le peuple au sol, individu par individu. Dans
chaque sillon, pour ainsi dire, est scellé un
anneau invisible qui attache le propriétaire à
la société. L'homme aime la patrie à travers
le champ. Qu'on possède un coin de terre
ou la moitié d'une province, on possède, tout

est dit; c'est là le grand fait. Or, quand l'église et l'aristocratie possèdent tout, le peuple ne possède rien ; quand le peuple ne possède rien, il ne tient à rien. A la première secousse, il laisse tomber l'état.

Deuxièmement, la profonde misère des classes inférieures. Quand tout est en haut, rien n'est en bas. Le champ était aux seigneurs, par conséquent le blé, par conséquent le pain. Ils vendaient le pain au peuple, et le lui vendaient cher. Faute affreuse, que font toujours toutes les aristocraties. De là des famines factices. Du temps même de Charles-Quint, dans les hivers rigoureux, les pauvres mouraient de froid et de faim dans les rues de Madrid. Or, profonde misère, profonde rancune. La faim fait un trou dans le cœur du peuple et y met la haine. Au jour venu, toutes les poitrines s'ouvrent, et une révolution en sort. En attendant que les révolutions éclatent, le vol s'organise. Les voleurs tenaient Madrid. Ailleurs ils forment une bande ; à Madrid ils formaient une corporation. Tout voyageur prudent capitulait avec eux, les comptait d'avance dans les frais de sa route et leur faisait leur part. Nul ne sortait de chez soi sans emporter la bourse des voleurs. Pendant la minorité de Charles II, sous le ministère du second don Juan d'Autriche, le corrégidor de Madrid adressait requête à la régente pour la supplier d'éloi-

gner de la ville le régiment d'Aytona, dont
les soldats, la nuit venue, aidaient les bandits
à détrousser les bourgeois.

Troisièmement, la manière dont étaient
possédés et administrés les pays conquis et
les domaines d'outremer. Il n'y avait pour
tout le nouveau monde que deux gouverneurs, le vice-roi du Pérou et le vice-roi du
Mexique ; et ces deux gouverneurs étaient
en général mauvais. Représentants de l'Espagne, ils la calomniaient par leurs exac-
tions et la rendaient odieuse. Ils ne montraient
à ces peuples lointains que deux faces, la
cupidité et la cruauté, pillant le bien et op-
primant l'homme. Ils détruisaient les princes
naturels du pays et exterminaient les populations indigènes. Quant aux vice-royautés
d'Europe, il y avait un proverbe italien. Le
voici ; il dit énergiquement ce que c'était que
la domination espagnole : *L'officier de
Sicile ronge, l'officier de Naples mange,
l'officier de Milan dévore.*

Quatrièmement, l'intolérance religieuse.
Nous reparlerons peut-être plus loin de l'inquisition. Disons seulement ici que les évê-
ques avaient un poids immense en Espagne.
Des classes entières de regnicoles, les hérétiques et les Juifs, étaient hors la loi. Tout
clergé pauvre est évangélique, tout clergé
riche est mondain, sensuel, politique, et par
conséquent intolérant. Sa position est con-

voitée, il a besoin de se défendre, il lui faut
une arme, l'intolérance en est une. Avec
cette arme il blesse la raison humaine et
tue la loi divine.

Cinquièmement, l'énormité de la dette publique. Si riche que fût l'Espagne, ses charges l'obéraient. Les gaspillages de la cour,
les gros gages des dignitaires, les bénéfices
ecclésiastiques, l'ulcère sans cesse agrandi
de la misère populaire, la guerre des Pays-
Bas, les guerres d'Amérique et d'Asie, la
cherté de la politique secrète, l'entretien des
supports cachés qu'on avait partout, le travail souterrain de l'intrigue universelle, qu'il
fallait payer et soutenir dans le monde entier, ces mille causes épuisaient l'Espagne.
Les coffres étaient toujours vides. On attendait le galion, et, comme écrivait le maréchal
de Tessé, *si quelque tempête le fait périr
ou si quelque ennemi l'emporte, toute
chose est au désespoir.* Sous Philippe III,
le marquis de Spinola était obligé de payer
de ses deniers l'armée des Pays-Bas. Il y a
deux siècles, l'Europe, sous le rapport finan-
cier, ressemblait à une famille mal adminis-
trée ; les monarchies étaient l'enfant pro-
digue, les républiques étaient l'usurier.
C'est l'éternelle histoire du gentilhomme
empruntant au marchand. Nous avons vu
que la Suisse vendait ses armées ; la Hollande, Venise et Gênes vendaient de l'argent.

Ainsi un prince achetait aux treize cantons une armée toute faite, les cantons livraient l'armée à jour fixe, Venise la payait ; puis, quand il fallait rembourser Venise, le prince donnait une province ; quelquefois tout son état y passait. L'Espagne empruntait de tout côté et devait partout. En 1600, le roi catholique devait, à Gênes seulement, seize millions d'or.

Sixièmement, une nation voisine, une nation sœur, pour ainsi parler, ayant longtemps vécu à part, ayant eu ses princes et ses seigneurs particuliers, envahie un beau matin par surprise, presque par trahison, réunie violemment à la monarchie centrale, de royaume faite province et traitée en pays conquis.

Septièmement, la nature de l'armement en Espagne. L'armement de terre était peu de chose, comparé à l'armement de mer. La puissance espagnole reposait principalement sur sa flotte. C'était dépendre d'un coup de vent. L'aventure de l'Armada, c'était l'histoire de l'Espagne. Un coup de vent, qu'on l'appelle trombe, comme en Europe, ou typhon, comme en Chine, est de tous les temps. Malheur à la puissance sur laquelle le vent souffle !

Huitièmement, l'éparpillement du territoire. Les vastes possessions de l'Espagne, disséminées sur toutes les mers et dans tous

les coins de la terre, n'avaient aucune adhérence avec elle. Quelques-unes, les Indes, par
exemple, étaient à quatre mille lieues d'elle,
et, comme nous l'avons dit, ne se liaient à la
métropole que par le sillage de ses vaisseaux. Or, qu'est-ce que le sillage d'un vaisseaux ? Un fil. Et combien de temps croit-
on que puisse tenir un monde attaché par
un fil.

L'an passé nous trouvâmes dans je ne sais
plus quelle poussière un vieux livre que personne ne lit aujourd'hui et que personne n'a
lu peut-être quand il a paru. C'est un in-
quarto intitulé *Discours de la monarchie
d'Espagne*, publié sans nom d'auteur, en
1617, à Paris, chez Chevalier, rue Saint-
Jacques, à l'enseigne de Saint-Pierre, près les
Mathurins. Nous ouvrîmes ce livre au hasard,
et nous tombâmes, page 152, sur ce passage
que nous transcrivons textuellement : « Quelques-uns tiennent que cette monarchie ne
peut estre de longue durée à cause que ses
terres sont tellement séparées et esparses,
et qu'il faut des despenses incroyables pour
envoyer partout des vaisseaux et des hommes,
et mesme que ceux qui sont natifs des païs
esloignés peuvent enfin entrer en considération du petit nombre des Espagnols, prendre
courage, et se liguer contre eux, et les
chasser. » C'est en 1617, à l'époque où l'Europe tremblait devant l'Espagne à l'apogée

de la monarchie castillane, qu'un inconnu
osait écrire et imprimer cette folle prophétie.
Cette folle prophétie, c'était l'avenir. Deux
cents ans plus tard, elle s'accomplissait dans
tous ses détails, et aujourd'hui chaque mot
de l'anonyme de 1617 est devenu un fait ;
les *terres éparses* ont amené les *dépenses
incroyables*, la métropole s'est épuisée *en
hommes et en vaisseaux, les natifs des
pays éloignés* sont *entrés en considération
du petit nombre des Espagnols*, ont *pris
courage*, se sont *ligués contre eux*, et les
ont *chassés.* On pourrait dire que le messie
Bolivar est ici prédit tout entier. — Il y a
deux siècles, toute l'Amérique était un
groupe de colonies ; aujourd'hui, réaction
frappante, toute l'Amérique, au Brésil près,
est un groupe de républiques.

Ainsi, une riche aristocratie possédant le
sol et vendant le pain au peuple ; le clergé
opulent, prépondérant et fanatique, mettant
hors la loi des classes entières de regnicoles ;
l'intolérance épiscopale ; la misère du peuple ;
l'énormité de la dette ; la mauvaise adminis-
tration des vice-rois lointains ; une nation
sœur traitée en pays conquis ; la fragilité
d'une puissance toute maritime assise sur la
vague de l'océan ; la dissémination du territoire sur tous les points du globe ; le défaut d'adhérence des possessions avec la métropole ; la tendance des colonies à devenir

nations, — voilà ce qui a perdu l'Espagne.
Que l'Angleterre y songe !

Enfin, pour résumer ce qui est commun à
l'empire ottoman et à la monarchie espagnole, l'égoïsme, un égoïsme implacable et
profond, — chose étrange, de l'égoïsme et
point d'unité ! — une politique immorale, violente ici, fourbe là, trahissant les alliances
pour servir les intérêts ; être, l'un, l'esprit
militaire sans les qualités chevaleresques qui
font du soldat l'appui de la sociabilité ; être,
l'autre, l'esprit mercantile sans l'intelligente
probité qui fait du marchand le lien des
états ; représenter, comme nous l'avons dit,
le premier, la barbarie, le second, la corruption ; en un mot, être, l'un, la guerre,
l'autre, le commerce, n'être ni l'un ni l'autre
la civilisation — voilà ce qui a fait choir les
deux colosses d'autrefois. Avis aux deux colosses d'aujourd'hui.

VI

Avant d'aller plus loin, nous sentons le besoin de déclarer que ceci n'est qu'une froide
et grave étude de l'histoire. Celui qui écrit
ces lignes comprend les haines de peuple à
peuple, les antipathies de races, les aveuglements des nationalités ; il les excuse, mais
il ne les partage pas. Rien, dans ce qu'on

vient de lire, rien dans ce qu'on va lire encore, ne contient une réprobation qui puisse
retomber sur les peuples mêmes dont l'auteur
parle. L'auteur blâme quelquefois les gouvernements, jamais les nations. En général,
les nations sont ce qu'elles doivent être ; la
racine du bien est en elles, Dieu la développe
et lui fait porter fruit. Les quatre peuples
mêmes dont on trace ici la peinture rendront
à la civilisation de notables services le jour
où ils accepteront comme leur but spécial
le but commun de l'humanité. L'Espagne est
illustre, l'Angleterre est grande ; la Russie et
la Turquie elle-même renferment plusieurs
des meilleurs germes de l'avenir.

Nous croyons encore devoir le déclarer
dans la profonde indépendance de notre esprit, nous n'étendons pas jusqu'aux princes
ce que nous disons des gouvernements. Rien
n'est plus facile aujourd'hui que d'insulter
les rois. L'insulte aux rois est une flatterie
adressée ailleurs. Or flatter qui que ce soit
de cette façon, en haut ou en bas, c'est une
idée que celui qui parle ici n'a pas besoin
d'éloigner de lui ; il se sent libre, et il est
libre, parce qu'il se reconnaît la force de louer
dans l'occasion quiconque lui semble louable,
fût-ce un roi. Il le dit donc hautement et
en pleine conviction, jamais, et ceci prouve
l'excellence de notre siècle, jamais, en aucun
temps, quelle que soit l'époque de l'histoire

qu'on veuille confronter avec la nôtre, les princes et les peuples n'ont valu ce qu'ils valent maintenant.

Qu'on ne cherche donc dans l'examen historique auquel il se livre ici aucune explication blessante ni pour l'honneur des royautés ni pour la dignité des nations ; il n'y en a pas. C'est avant tout un travail philosophique et spéculatif. Ce sont des faits généraux, rien de plus ; ce sont des idées générales, rien de plus. L'auteur n'a aucun fiel dans l'âme. Il attend candidement l'avenir serein de l'humanité. Il a espoir dans les princes ; il a foi dans les peuples.

VII

Cela dit une fois pour toutes, continuons l'examen des ressemblances entre les deux empires qui ont alarmé le passé et les deux empires qui inquiètent le présent.

Première ressemblance. Il y a du tartare dans le turc, il y en a aussi dans le russe. Le génie des peuples garde toujours quelque chose de sa source.

Les Turcs, fils des Tartares, sont des hommes du nord, descendus à travers l'Asie, qui sont entrés en Europe par le midi.

Napoléon à Sainte-Hélène dit : *Grattez le*

Russe, vous trouverez le Tartare. Ce qu'il a
dit du Russe, on peut le dire du Turc.

L'homme du nord proprement dit est toujours le même. A de certaines époques cli-
matériques et fatales, il descend du pôle et
se fait voir aux nations méridionales, puis il
s'en va, et il revient deux mille ans après, et
l'histoire le retrouve tel qu'elle l'avait laissé.

Voici une peinture historique que nous
avons sous les yeux en ce moment :

« C'est là vraiment l'homme barbare. Ses
membres trapus, son cou épais et court, je
ne sais quoi de hideux qu'il a dans tout le
corps, le font ressembler à un monstre à
deux pieds ou à ces balustres taillés grossiè-
rement en figures humaines qui soutiennent
les rampes des escaliers. Il est tout à fait
sauvage. Il se passe de feu quand il le faut,
même pour préparer sa nourriture. Il mange
des racines et des viandes cuites ou plutôt
pourries sous la selle de son cheval. Il n'entre
sous un toit que lorsqu'il ne peut faire autrement. Il a horreur des maisons, comme si
c'étaient des tombeaux. Il va par vaux et par
monts, il court devant lui, il sait depuis l'en-
fance supporter la faim, la soif et le froid, il
porte un gros bonnet de poil sur la tête, un
jupon de laine sur le ventre, deux peaux de
boucs sur les cuisses, sur le dos un manteau
de peaux de rats cousues ensemble. Il ne
saurait combattre à pied. Ses jambes, alour-

dies par de grandes bottes, ne peuvent marcher et le clouent à sa selle, de sorte qu'il ne fait qu'un avec son cheval, lequel est agile et vigoureux, mais petit et laid. Il vit à cheval, il traite à cheval, il achète et vend à cheval, il boit et mange à cheval, il dort et rêve à cheval.

« Il ne laboure point la terre, il ne cultive pas les champs, il ne sait ce que c'est qu'une charrue. Il erre toujours, comme s'il cherchait une patrie et un foyer. Si vous lui demandez d'où il est, il ne saura que répondre. Il est ici aujourd'hui, mais hier il était là ; il a été élevé là-bas, mais il est né plus loin.

» Quand la bataille commence, il pousse un hurlement terrible, arrive, frappe, disparaît et revient comme l'éclair. En un instant, il emporte et pille le camp assailli. Il combat de près avec le sabre, et de loin avec une longue lance dont la pointe est artistement emmanchée. »

Ceci est l'homme du nord. Par qui a-t-il été esquissé, à quelle époque et d'après qui ? Sans doute en 1814, par quelque rédacteur effrayé du *Moniteur*, d'après le Cosaque, dans le temps où la France pliait ? Non, ce tableau a été fait d'après le Hun, en 375 par Ammien Marcellin et Jordanis (1) dans le temps où Rome tombait. Quinze cents ans se

(1) Voyez Jordanis, **xxiv** ; Ammien Marcellin, **xii**.

sont écoulés, la figure a reparu, le portrait
ressemble encore.

Notons en passant que les Huns de 375,
comme les Cosaques de 1814, venaient des
frontières de la Chine. L'homme du midi
change, se transforme et se développe,
fleurit et fructifie, meurt et renaît comme la
végétation ; l'homme du nord est éternel
comme la neige.

Deuxième ressemblance. En Russie comme
en Turquie, rien n'est définitivement acquis
à personne, rien n'est tout à fait possédé,
rien n'est nécessairement héréditaire. Le
Russe, comme le Turc, peut, d'après la volonté ou le caprice d'en haut, perdre son em-
ploi, son grade, son rang, sa liberté, son
bien, sa noblesse, jusqu'à son nom. Tout est
au monarque, comme, dans de certaines
théories plus folles encore que dangereuses
qu'on essayera vainement à l'esprit français,
tout serait à la communauté. Il importe de
remarquer, et nous livrons ce fait à la méditation des démocrates absolus, que le propre
du despotisme, c'est de niveler. Le despotisme fait l'égalité sous lui. Plus le despotisme est complet, plus l'égalité est complète.
En Russie comme en Turquie, la rébellion
exceptée, qui n'est pas un fait normal, il n'y
a pas d'existence décidément et virtuelle-
ment résistante. Un prince russe se brise
comme un pacha ; le prince comme le pacha

peut devenir simple soldat et n'être plus
dans l'armée qu'un zéro dont un caporal est
le chiffre. Un prince russe se crée comme un
pacha ; un porte-balle devient Méhémet-Ali,
un garçon pâtissier devient Menzikoff. Cette
égalité, que nous constatons ici sans la juger,
monte même jusqu'au trône, et, toujours en
Turquie, parfois en Russie, s'accouple à lui.
Une esclave est sultane ; une servante a été
czarine.

Le despotisme, comme la démagogie, hait
les supériorités naturelles et les supériorités
sociales. Dans la guerre qu'il leur fait, il ne
recule pas plus qu'elle devant les attentats
qui décapitent la société même. Il n'y a pas
pour lui d'hommes de génie ; Thomas Morus
ne pèse pas plus dans la balance de Henri Tudor
que Bailly dans la balance de Marat. Il n'y a
pas pour lui de têtes couronnées ; Marie Stuart
ne pèse pas plus dans la balance d'Elisabeth
que Louis XVI dans la balance de Robespierre.

La première chose qui frappe quand on
compare la Russie à la Turquie, c'est une
ressemblance ; la première chose qui frappe
quand on compare l'Angleterre à l'Espagne,
c'est une dissemblance. En Espagne, la
royauté est absolue ; en Angleterre, elle est
limitée.

En y réfléchissant, on arrive à ce résultat
singulier : cette dissemblance engendre une

ressemblance. L'excès du monarchisme produit, quant à l'autorité royale, et à ne le con-
sidérer que sous ce point de vue spécial, le
même résultat que l'excès du constitution-
nalisme. Dans l'un et l'autre cas le roi est
annulé.

Le roi d'Angleterre, servi à genoux, est un
roi nominal ; le roi d'Espagne, servi de
même à genoux, est aussi un roi nominal.
Tous deux sont impeccables. Chose remarquable, l'axiome fondamental de la monarchie la plus absolue est également l'axiome
fondamental de la monarchie la plus consti-
tutionnelle. *El rey no cae*, le roi ne tombe
pas, dit la vieille loi espagnole. *The king
can do no wrong*, le roi ne peut faillir, dit la
vieille loi anglaise. Quoi de plus frappant,
quand on creuse l'histoire, que de trouver,
sous les faits en apparence les plus divers,
le monarchisme pur et le constitionna-
lisme rigoureux assis sur la même base et
sortant de la même racine ?

Le roi d'Espagne pouvait être, sans inconvénient, de même que le roi d'Angleterre, un
enfant, un mineur, un ignorant, un idiot. Le
parlement gouvernait pour l'un ; le despacho
universal gouvernait pour l'autre. Le jour où
la nouvelle de la prise de Mons parvint à
Madrid, Philippe IV se réjouit très fort en
plaignant tout haut *ce pauvre roi de
France, ese pobrecito rey de Francia.*

Personne n'osa lui dire que c'était à lui, roi d'Espagne, que Mons appartenait. Spinola, investissant Breda, que les Hollandais défendaient admirablement, écrivit dans une longue lettre à Philippe III le détail des innombrables impossibilités du siège ; Philippe III lui renvoya sa lettre après avoir seulement écrit en marge de sa main : *Marquis, prends Breda.* Pour écrire un pareil mot, il n'y a que la stupidité ou le génie, il faut tout ignorer ou tout vouloir, être Philippe III ou Bonaparte. Voilà à quelle nullité pouvait tomber le roi d'Espagne, isolé qu'il était de toute pensée et de toute action par la forme même de son autorité. La grande charte isole le roi d'Angleterre à peu près de la même façon. L'Espagne a lutté contre Louis XIV avec un roi imbécile ; l'Angleterre a lutté contre Napoléon avec un roi fou.

Ceci ne prouve-t-il point que dans les deux cas le roi est purement nominal ? — Est-ce un bien ? est-ce un mal ? C'est là encore un fait que nous constatons sans le juger.

Rien n'est moins libre qu'un roi d'Angleterre, si ce n'est un roi d'Espagne. A tous les deux on dit : *Vous pouvez tout, à la condition de ne rien vouloir.* Le parlement lie le premier, l'étiquette lie le second ; et, ce sont là les ironies de l'histoire, ces deux entraves si différentes produisent dans de

certains cas les mêmes effets. Quelquefois le
parlement se révolte et tue le roi d'Angleterre ; quelquefois l'étiquette se révolte et tue
le roi d'Espagne. Parallélisme bizarre, mais
incontestable, dans lequel l'échafaud de
Charles Ier a pour pendant le brasier de
Philippe III.

Un des résultats les plus considérables de
cette annulation de l'autorité royale par des
causes pourtant presque opposées, c'est que
la loi salique devient inutile. En Espagne
comme en Angleterre, les femmes peuvent
régner.

Entre les deux peuples il existe encore
plus d'un rapport qu'enseigne une comparaison attentive. En Angleterre comme en
Espagne, le fond du caractère national est
fait d'orgueil et de patience. C'est là, à tout
prendre, et sauf les restrictions que nous in-
diquerons ailleurs, un admirable tempéra-
ment et qui pousse les peuples aux grandes
choses. L'orgueil est vertu pour une nation ;
la patience est vertu pour l'individu.

Avec l'orgueil on domine ; avec la patience
on colonise. Or, que trouvez-vous au fond de
l'histoire d'Espagne comme au fond de l'histoire de la Grande-Bretagne ? Dominer et
coloniser.

Tout à l'heure nous tracions, l'œil fixé sur
l'histoire, le tableau de l'infanterie castillane.

Qu'on le relise. C'est aussi le portrait de l'infanterie anglaise.

Tout à l'heure nous indiquions quelques traits du clergé espagnol. En Angleterre aussi il y a un archevêque de Tolède ; il s'appelle l'archevêque de Cantorbéry.

Si l'on descend jusqu'aux moindres particularités, on voit que, pour ces petits détails impérieux de vie intérieure et matérielle qui sont comme la seconde nature des populations, les deux peuples, chose singulière, sont de la même façon tributaires de l'Océan. Le thé est pour l'Angleterre ce qu'était pour l'Espagne le cacao, l'habitude de la nation ; et par conséquent, selon la conjoncture, une occasion d'alliance ou un cas de guerre.

Passons à un autre ordre d'idées.

Il y a eu et il y a encore chez certains peuples un dogme affreux, contraire au sentiment intérieur de la conscience humaine, contraire à la raison publique qui fait la vie même des états. C'est cette fatale aberration religieuse, érigée en loi dans quelques pays, qui établit en principe et qui croit qu'en brûlant le corps on sauve l'âme, que les tortures de ce monde préservent une créature humaine des tortures de l'autre, que le ciel s'achète par la souffrance physique, et que Dieu n'est qu'un grand bourreau souriant, du haut de l'éternité de son enfer, à tous les hideux petits supplices que

l'homme peut inventer. Si jamais dogme fut
contraire au développement de la sociabilité
humaine, c'est celui-là. C'est lui qui s'attelle
à l'horrible chariot de Jaghernaut ; c'est lui
qui présidait il y a un siècle aux extermina-
tions annuelles du Dahomey. Quiconque sent
et raisonne le repousse avec horreur. Les
religions de l'Orient l'ont vainement transmis
aux religions de l'Occident. Aucune philosophie ne l'a adopté. Depuis trois mille ans,
sans attirer un seul penseur, la pâle clarté de
ces doctrines sépulcrales rougit vaguement
le bas du porche monstrueux des théogonies
de l'Inde, sombre et gigantesque édifice qui
se perd, à demi entrevu par l'humanité ter-
rifiée, dans les ténèbres sans fond du mys-
tère infini.

Cette doctrine a allumé en Europe au
seizième siècle les bûchers des Juifs et des
hérétiques ; l'Inquisition les dressait, l'Espagne les attisait. Cette doctrine allume encore de nos jours en Asie les bûchers des
veuves ; l'Angleterre ne le dresse ni ne
l'attise, mais elle le regarde brûler.

Nous ne voulons pas tirer de ces rapprochements plus qu'ils ne contiennent. Il nous
est impossible pourtant de ne pas remarquer
qu'un peuple qui serait pleinement dans la
voie de la civilisation ne pourrait tolérer,
même par politique, ces lugubres, atroces et
infâmes sottises. La France, au seizième

siècle, a rejeté l'Inquisition. Au dix-neuvième siècle, si l'Inde était colonie française,
la France eût depuis longtemps éteint le
suttee.

Puisque, en notant çà et là les points de
contact inaperçus, mais réels, de l'Espagne
et de l'Angleterre, nous avons parlé de la
France, observons qu'on en retrouve jusque
dans les événements en apparence purement
accidentels. L'Espagne avait eu la captivité
de François Ier; l'Angleterre a partagé cette
gloire ou cette honte. Elle a eu la captivité de
Napoléon.

Il est des choses caractéristiques et mémo-
rables qui reviennent et se répètent, pour
l'enseignement des esprits attentifs, dans les
échos profonds de l'histoire. Le mot de Wa-
terloo : *La garde meurt et ne se rend pas*,
n'est que l'héroïque traduction du mot de
Pavie : *Tout est perdu, fors l'honneur*.
Enfin, outre les rapprochements indirects,
l'histoire révèle, entre les quatre peuples qui
font le sujet de ce paragraphe, je ne sais
quels rapports étranges, et, pour ainsi parler,
diagonaux, qui semblent les lier mystérieu-
sement et qui indiquent au penseur une simi-
litude secrète de conformation, et, par conséquent peut-être, de destination. Enregis-
trons-en ici deux seulement. Le premier va
de l'Angleterre à la Turquie : Henri VIII
tuait ses femmes, comme Mahomet II. Le

deuxième va de la Russie à l'Espagne :
Pierre Ier a tué son fils, comme Philippe II.

VIII

La Russie a dévoré la Turquie.

L'Angleterre a dévoré l'Espagne.

C'est, à notre sens, une dernière et définitive assimilation. Un état n'en dévore un
autre qu'à la condition de le reproduire.

Il suffit de jeter les yeux sur deux cartes
d'Europe dressées à cinquante ans d'inter-
valle, pour voir de quelle façon irrésistible,
lente et fatale, la frontière moscovite envahit
l'empire ottoman. C'est le sombre et formidable spectacle d'une immense marée qui
monte. A chaque instant et de toutes parts
le flot gagne, la plage disparaît. Le flot, c'est
la Russie ; la plage, c'est la Turquie. Quelquefois la lame recule, mais elle surgit de
nouveau le moment d'après, et cette fois elle
va plus loin. Une grande partie de la Turquie
est déjà couverte, et on la distingue encore
vaguement sous le débordement russe. Le
20 août 1828, une vague est allée jusqu'à
Andrinople. Elle s'est retirée ; mais, lorsqu'elle reviendra, elle atteindra Constantinople.

Quant à l'Espagne, les dislocations de
l'empire romain et de l'empire carlovingien

peuvent seules donner une idée de ce démem-
brement prodigieux. Sans compter le Milanez,
que l'Autriche a pris, sans compter le Roussillon, la Franche-Comté, les Ardennes, le
Cambrésis et l'Artois, qui ont fait retour à la
France, des morceaux de l'antique monarchie
espagnole il s'est formé en Europe, et encore
laissons-nous en dehors le royaume d'Espagne
proprement dit, quatre royaumes, le Portugal, la Sardaigne, les Deux-Siciles, la Belgique; en Asie, une vice-royauté, l'Inde,
égale à un empire; et, en Amérique, neuf
républiques, le Mexique, le Guatemala, la
Colombie, le Pérou, Bolivia, le Paraguay,
l'Uruguay, la Plata et le Chili. Soit par
influence, soit par souveraineté directe, la
Grande-Bretagne possède aujourd'hui la plus
grande partie de cet énorme héritage. Elle a
à peu près toutes les îles qu'avait l'Espagne,
et qui, presque littéralement, étaient innombrables. Comme nous le disions en commençant, elle a dévoré l'Espagne, de même que
l'Espagne avait dévoré le Portugal. Aujour-
d'hui, en parcourant du regard les domaines
britanniques, on ne voit que noms portugais
et castillans, Gibraltar, Sierra-Leone, la
Ascension, Fernando-Pò, las Mascarenhas,
el Cabo Delgado, el Cabo Guardafù, Honduras, las Lucaïas, las Bermudas, la Bar-
bada, la Trinidad, Tabago, Santa Margarita,
la Granada, San-Cristoforo, Antigoa. Partout

l'Espagne est visible, partout l'Espagne repa-
raît. Même sous la pression de l'Angleterre,
les fragments de l'empire de Charles-Quint
n'ont pas encore perdu leur forme ; et, qu'on
nous passe cette comparaison qui rend notre
pensée, on reconnaît toute la monarchie espagnole dans les possessions de la Grande-Bretagne comme on retrouve un jaguar à demi
digéré dans le ventre d'un boa.

IX

Ainsi que nous l'avons indiqué sommaire-
ment dans le paragraphe V, les deux empires
du dix-septième siècle portaient dans leur
constitution même les causes de leur déca-
dence. Mais ils vivaient momentanément
d'une vie fébrile si formidable, qu'avant de
mourir ils eussent pu étouffer la civilisation.
Il fallait qu'un fait extérieur considérable
donnât aux causes de chute qui étaient en eux
le temps de se développer. Ce fait, que nous
avons également signalé, c'est la résistance
de l'Europe.

Au dix-septième siècle, l'Europe, gardienne
de la civilisation, menacée au levant et au
couchant, a résisté à la Turquie et à l'Espagne. Au dix-neuvième, l'Europe, replacée
par les combinaisons souveraines de la Providence identiquement dans la même situation,

doit résister à la Russie et à l'Angleterre.

Maintenant, comment résistera-t-elle? que reste-t-il, à ne l'envisager que sous ce point de vue spécial, de la vieille Europe qui a lutté, et où sont les points d'appui de l'Europe nouvelle?

La vieille Europe, cette citadelle que nous avons tâché de reconstruire par la pensée dans les pages où nous avons placé notre point de départ, est aujourd'hui à moitié démolie et trouée de toutes parts de brèches profondes.

Presque tous les petits états, duchés, républiques ou villes libres, qui contribuaient à la défense générale, sont tombés.

La Hollande, trop de fois remaniée, s'est amoindrie.

La Hongrie, devenue le pays de Galles, les Asturies ou le Dauphiné de l'Autriche, s'est effacée.

La Pologne a disparu.

Venise a disparu.

Gênes a disparu.

Malte a disparu.

Le pape n'est plus que nominal. La foi catholique a perdu du terrain; perdre du terrain, c'est perdre des contribuables. Rome est appauvrie. Or ses états ne suffiraient pas pour lui donner une armée; elle n'a point d'argent pour en acheter une, et d'ailleurs nous ne sommes plus dans un siècle où l'on

en vend. Comme prince temporel, le pape a
disparu.

Que reste-t-il donc de tout ce vieux monde ?
Qui est-ce qui est encore debout en Europe ?
Deux nations seulement, la France et l'Alle-
magne.

Eh bien, cela pourrait suffire. La France et
l'Allemagne sont essentiellement l'Europe.
L'Allemagne est le cœur ; la France est la
tête.

L'Allemagne et la France sont essentiellement la civilisation. L'Allemagne sent ; la
France pense.

Le sentiment et la pensée, c'est tout
l'homme civilisé.

Il y a entre les deux peuples connexion
intime, consanguinéité incontestable. Ils sor-
tent des mêmes sources ; ils ont lutté ensemble
contre les Romains ; ils sont frères dans le
passé, frères dans le présent, frères dans
l'avenir.

Leur mode de formation a été le même. Ils
ne sont pas des insulaires, ils ne sont pas des
conquérants ; ils sont les vrais fils du sol européen.

Le caractère sacré et profond de fils du sol
leur est tellement inhérent et se développe
en eux si puissamment, qu'il a rendu longtemps impossible, même malgré l'effort des
années et la prescription de l'antiquité, leur
mélange avec tout peuple envahisseur, quel

12

qu'il fût et de quelque part qu'il vînt. Sans
compter les Juifs, nation émigrante et non
conquérante, qui est d'ailleurs dans l'exception partout, on peut citer, par exemple, des
races slaves qui habitent le sol allemand depuis six siècles, et qui n'étaient pas encore
allemandes il y a cent cinquante ans. Rien de
plus frappant, à ce sujet, que ce que raconte
Tollius. En 1687, il était à la cour de Brandebourg; l'électeur lui dit un jour : « J'ai des
Vandales dans mes états. Ils habitent les côtes
de la mer Baltique. Ils parlent esclavon, à
cause de l'Esclavonie, d'où ils sont venus
jadis. Ce sont des gens fourbes, infidèles,
aimant le changement, séditieux ; ils ont
nombre de bourgs de cinq ou six cents pères
de famille ; ils ont en secret un roi de leur
nation, lequel porte sceptre et couronne, et à
qui ils payent chaque année un sesterce par
tête. J'ai aperçu une fois ce roi, qui était un
jeune homme bien dispos de corps et d'esprit ; comme je le considérais attentivement,
un vieillard s'en aperçut, entrevit ma pensée,
et, pour m'en détourner, il tomba à coups de
bâton sur ce roi, et le chassa comme un
esclave. Ils ont l'esprit léger, et reculent,
quand on les approche, dans des bois et des
marais inaccessibles ; c'est ce qui m'a empêché d'ouvrir chez eux des écoles ; mais j'ai
fait traduire dans leur langue la bible, les
psaumes et le catéchisme. Ils ont des armes,

mais secrètement. Une fois, ayant avec moi huit cents grenadiers, je me trouvai tout à coup environné de quatre ou cinq mille Vandales ; mes huit cents grenadiers eurent grand'peine à les dissiper. » Après un moment de silence, l'électeur voyant Tollius rêveur, ajouta cette parole remarquable : *Tollius, vous êtes alchimiste. Il est possible que vous fassiez de l'or avec du cuivre ; je vous défie de faire un Prussien avec un Vandale.*

La fusion était difficile en effet ; pourtant, ce qu'aucun alchimiste n'eût pu faire, la nationalité allemande, aidée par la grande clarté du dix-neuvième siècle, finira par l'accomplir.

A l'heure qu'il est, les mêmes phénomènes constituants se manifestent en Allemagne et en France. Ce que l'établissement des départements a fait pour la France, l'union des douanes le fait pour l'Allemagne ; elle lui donne l'unité.

Il faut, pour que l'univers soit en équilibre, qu'il y ait en Europe, comme la double clef de voûte du continent, deux grands états du Rhin, tous deux fécondés et étroitement unis par ce fleuve régénérateur ; l'un septentrional et oriental, l'Allemagne, s'appuyant à la Baltique, à l'Adriatique et à la mer Noire, avec la Suède, le Danemark, la Grèce et les principautés du Danube pour arcs-boutants ;

l'autre méridional et occidental, la France,
s'appuyant à la Méditerranée et à l'Océan,
avec l'Italie et l'Espagne pour contre-forts.

Depuis mille ans, la même question s'est
déjà présentée plusieurs fois en d'autres
termes, et ce plan a déjà été essayé par trois
grands princes.

D'abord, par Charlemagne. Au huitième
siècle, ce n'étaient pas les Turcs et les Espagnols, ce n'étaient pas les Anglais et les
Russes, c'étaient les Saxons et les Normands.
Charlemagne construisit son état contre eux.
L'empire de Charlemagne est une première
épreuve encore vague et confuse, mais pourtant reconnaissable, de l'Europe que nous
venons d'esquisser, et qui sera un jour, sans
nul doute, l'Europe définitive.

Plus tard, par Louis XIV. Louis XIV voulut
bâtir l'état méridional du Rhin tel que nous
l'avons indiqué. Il mit sa famille en Espagne,
en Italie et en Sicile, et y appuya la France.
L'idée était neuve, mais la dynastie était
usée ; l'idée était grande, mais la dynastie
était petite. Cette disproportion empêcha le
succès.

L'œuvre était bonne, l'ouvrier était bon,
l'outil était mauvais.

Enfin, par Napoléon. Napoléon commença
par rétablir, lui aussi, l'état méridional du
Rhin. Il installa sa famille non seulement en
Espagne, en Lombardie, en Étrurie et à

Naples, mais encore dans le duché de Berg
et en Hollande, afin d'avoir en bas toute la
Méditerranée et en haut tout le cours du
Rhin jusqu'à l'Océan. Puis, quand il eut
refait ainsi ce qu'avait fait Louis XIV, il voulut
refaire ce qu'avait fait Charlemagne. Il essaya
de constituer l'Allemagne d'après la même
pensée que la France. Il épousa l'Autriche,
donna la Westphalie à son frère, la Suède à
Bernadotte, et promit la Pologne à Ponia-
towski. C'est dans cette œuvre immense
qu'il rencontra l'Angleterre, la Russie et la
Providence, et qu'il se brisa. Les temps
n'étaient pas encore venus. S'il eût réussi, le
groupe continental était formé.

Peut-être faut-il que l'œuvre de Charlemagne et de Napoléon se refasse sans Napoléon et sans Charlemagne. Ces grands
hommes ont peut-être l'inconvénient de trop
personnifier l'idée et d'inquiéter par leur
entité, plutôt française que germanique, la
jalousie des nationalités. Il en peut résulter
des méprises, et les peuples en viennent à
s'imaginer qu'ils servent un homme et non
une cause, l'ambition d'un seul et non la civilisation de tous. Alors ils se détachent. C'est
ce qui est arrivé en 1813. Il ne faut pas que
ce soit Charlemagne ou Bonaparte qui se
défende contre les ennemis de l'Orient ou les
ennemis de l'Occident ; il faut que ce soit
l'Europe. Quand l'Europe centrale sera con-

stituée, et elle le sera un jour, l'intérêt de
tous sera évident ; la France, adossée à l'Allemagne, fera front à l'Angleterre, qui est,
comme nous l'avons déja dit, l'esprit de commerce, et la rejettera dans l'Océan ; l'Allemagne, adossée à la France, fera front à la
Russie, qui, nous l'avons dit de même, est
l'esprit de conquête, et la rejettera dans
l'Asie.

Le commerce est à sa place dans l'Océan.

Quant à l'esprit de conquête, qui a la guerre
pour instrument, il retrempe et ressuscite
les civilisations mortes et tue les civilisations
vivantes. La guerre est pour les unes la re-
naissance, pour les autres la fin. L'Asie en a
besoin, l'Europe non.

La civilisation admet l'esprit militaire et
l'esprit commercial, mais elle ne s'en compose pas uniquement. Elle les combine dans
une juste proportion avec les autres éléments
humains. Elle corrige l'esprit guerrier par la
sociabilité, et l'esprit marchand par le désin-
téressement. S'enrichir n'est pas son objet
exclusif ; s'agrandir n'est pas son ambition
suprême. Éclairer pour améliorer, voilà son
but ; et, à travers les passions, les préjugés,
les illusions, les erreurs et les folies des peuples et des hommes, elle fait le jour par le
rayonnement calme et majestueux de la
pensée.

Résumons. L'union de l'Allemagne et de la

France, ce serait le frein de l'Angleterre et de la Russie, le salut de l'Europe, la paix du monde.

X

C'est ce que la politique anglaise et la politique russe, maîtresse du congrès de Vienne, ont compris en 1815.

Il y avait alors rupture de fait entre la France et l'Allemagne.

Les causes de cette rupture valent la peine d'être rappelées en peu de mots.

Le czar, par enthousiasme pour Bonaparte, avait été un moment français ; mais, voyant Napoléon édifier le nord de l'Europe contre la Russie, il était redevenu russe. Et, quelle que pût être son amitié d'homme privé pour Alexandre, Napoléon, en fortifiant l'Europe contre les Russes, ne méritait aucun blâme. Il est aussi impossible aux Charlemagne et aux Napoléon de ne pas construire leur Europe d'une certaine façon qu'au castor de ne pas bâtir sa hutte selon une certaine forme et contre un certain vent. Quand il s'agit de la conservation et de la propagation, ces deux grandes lois naturelles, le génie a son instinct aussi sûr, aussi fatal, aussi étranger à tout ce qui n'est pas le but, que l'instinct de la brute. Il le suit, laissez-le faire, et, dans l'empereur comme dans le castor, admirez Dieu.

L'Angleterre, elle, n'avait même pas eu le moment d'illusion d'Alexandre. La paix d'Amiens avait duré le temps d'un éclair ; Fox tout au plus avait été fasciné par Bonaparte. L'Europe de Napoléon était bâtie également et surtout contre elle. Aussi, pour s'allier à l'Angleterre, le czar n'eut qu'à prendre sa main qui était tendue vers lui depuis longtemps. On sait les événements de 1812. L'empereur Napoléon s'appuyait sur l'Allemagne comme sur la France ; mais, harcelé de toutes parts, haï et trahi par les rois de vieille souche, piqué par la nuée des pamphlets de Londres comme le taureau par un essaim de frelons, gêné dans ses moyens d'action, troublé dans son opération colossale et délicate, il avait fait deux grandes fautes, l'une au midi, l'autre au nord ; il avait froissé l'Espagne et blessé la Prusse. Il s'ensuivit une réaction, terrible et juste sous quelques rapports. Comme l'Espagne, la Prusse se souleva. L'Allemagne trembla sous les pieds de l'empereur. Cherchant du talon son point d'appui, il recula jusqu'en France, où il retrouva la terre ferme. Là, durant trois grands mois, il lutta comme un géant corps à corps avec l'Europe. Mais le duel était inégal ; ainsi que dans les combats d'Homère, l'Océan et l'Asie secouraient l'Europe. L'Océan vomissait les Anglais ; l'Asie vomissait les Cosaques. L'empereur tomba, la France se

voila la tête ; mais, avant de fermer les yeux,
à l'avant-garde des hordes russes, elle reconnut l'Allemagne.

De là, une rupture entre les deux peuples.
L'Allemagne avait sa rancune ; la France eut
sa colère.

Mais chez des nations généreuses, sœurs
par le sang et par la pensée, les rancunes
passent, les colères tombent ; le grand mal-
entendu de 1813 devait finir par s'éclaircir.
L'Allemagne, héroïque dans la guerre, rede-
vient rêveuse à la paix. Tout ce qui est
illustre, tout ce qui est sublime, même hors
de sa frontière, plaît à son enthousiasme sérieux et désintéressé. Quand son ennemi est
digne d'elle, elle le combat tant qu'il est
debout ; elle l'honore dès qu'il est tombé. Napoléon était trop grand pour qu'elle n'en
revînt pas à l'aimer. Et pour la France, à qui
Sainte-Hélène a serré le cœur, quiconque
admire et aime l'empereur est Français. Les
deux nations étaient donc invinciblement
amenées, dans un temps donné, à s'entendre
et à se réconcilier.

L'Angleterre et la Russie prévirent cet
avenir inévitable ; et, pour l'empêcher, peu
rassurées par la chute de l'empereur, motif
momentané de rupture, elles créèrent entre
l'Allemagne et la France un motif permanent
de haine.

Elles prirent à la France et donnèrent à l'Allemagne la rive gauche du Rhin.

XI

Ceci était d'une politique profonde.

C'était entamer le grand état méridional du Rhin, ébauché par Charlemagne, construit par Louis XIV, complété et restauré par Napoléon. C'était affaiblir l'Europe centrale, lui créer facticement une sorte de maladie chronique, et la tuer peut-être, avec le temps, en lui mettant près du cœur un ulcère toujours douloureux, toujours gangrené. C'était faire brèche à la France, à la vraie France qui est rhénane comme elle est méditerranéenne ; *Francia rhenana*, disent les vieilles chartes carlovingiennes. C'était poster une avant-garde étrangère à cinq journées de Paris. C'était surtout irriter à jamais la France contre l'Allemagne.

Cette politique profonde, qu'on reconnaît dans la conception d'une pareille pensée, se retrouve dans l'exécution.

Donner la rive gauche du Rhin à l'Allemagne, c'était une idée. L'avoir donnée à la Prusse, c'est un chef-d'œuvre.

Chef-d'œuvre de haine, de ruse, de discorde et de calamité ; mais chef-d'œuvre. La politique en a comme cela.

La Prusse est une nation jeune, vivace,

énergique, spirituelle, chevaleresque, libérale, guerrière, puissante. Peuple d'hier qui a demain. La Prusse marche à de hautes destinées particulièrement sous son roi actuel, prince grave, noble, intelligent et loyal, qui est digne de donner à son peuple cette dernière grandeur, la liberté. Dans le sentiment vrai et juste de son accroissement inévitable, par un point d'honneur louable, quoique à notre avis mal entendu, la Prusse peut vouloir ne rien lâcher de ce qu'elle a une fois saisi.

La politique anglaise se garda bien de donner cette rive gauche à l'Autriche ; l'Autriche évidemment depuis deux siècles décroît et s'amoindrit.

Au dix-huitième siècle, époque où Pierre le Grand a fait la Russie, Frédéric le Grand a fait la Prusse ; et il l'a faite en grande partie avec des morceaux de l'Autriche.

L'Autriche, c'est le passé de l'Allemagne ; la Prusse, c'est l'avenir.

A cela près que la France, comme nous le montrerons tout à l'heure, est à la fois vieille et jeune, ancienne et neuve, la Prusse est en Allemagne ce que la France est en Europe.

Il devrait y avoir entre la France et la Prusse effort cordial vers le même but, chemin fait en commun, accord profond, sympathie. Le partage du Rhin crée une antipathie.

Il devrait y avoir amitié ; le partage du Rhin crée une haine.

Brouiller la France avec l'Allemagne, c'était quelque chose ; brouiller la France avec la Prusse, c'était tout.

Redisons-le, l'installation de la Prusse dans les provinces rhénanes a été le fait capital du congrès de Vienne. Ce fut la grande adresse de lord Castlereagh et la grande faute de M. de Talleyrand.

XII

Du reste, dans le fatal remaniement de 1815, il n'y a pas eu d'autre idée que celle-là. Le surplus a été fait au hasard. Le congrès a songé à désorganiser la France, non à organiser l'Allemagne.

On a donné des peuples aux princes et des princes aux peuples, parfois sans regarder les voisinages, presque toujours sans consulter l'histoire, le passé, les nationalités, les amours-propres. Car les nations aussi ont leurs amours-propres, qu'elles écoutent souvent, disons-le à leur honneur, plus que leurs intérêts.

Un seul exemple, qui est éclatant, suffira pour indiquer de quelle manière s'est fait sous ce rapport le travail du congrès. Mayence est une ville illustre. Mayence, au neuvième siècle, était assez forte pour châtier son évêque Hatto ; Mayence, au douzième siècle, était assez puissante pour défendre contre

l'empereur et l'empire son archevêque Adalbert. Mayence, en 1285, a été le centre de la
hanse rhénane et le nœud des cent villes.
Elle a été la métropole des minnesænger,
c'est-à-dire de la poésie gothique; elle a été
le berceau de l'imprimerie, c'est-à-dire de la
pensée moderne. Elle garde et montre encore
la maison qu'ont habitée, de 1443 à 1450,
Gutenberg, Jean Fust et Pierre Schœffer, et
qu'elle appelle par une magnifique et juste
assimilation Dreykönigshof, la *maison des
trois rois*. Pendant huit cents ans, Mayence
a été la capitale du premier des électorats
germaniques ; pendant vingt ans, Mayence
a été un des fronts de la France. Le congrès
l'a donnée comme une bourgade à un état
de cinquième ordre, à la Hesse.

Mayence avait une nationalité distincte,
tranchée, hautaine et jalouse. L'électorat de
Mayence pesait en Europe. Aujourd'hui elle
a garnison étrangère. Elle n'est plus qu'une
sorte de corps de garde où l'Autriche et la
Prusse font faction, l'œil fixé sur la France.

Mayence avait gravé en 1135 sur les portes
de bronze que lui avait données Willigis les
libertés que lui avait données Adalbert. Elle
a encore les portes de bronze, mais elle n'a
plus les libertés.

Dans le plus profond de son histoire,
Mayence a des souvenirs romains ; le tom-
bean de Drusus est chez elle. Elle a des sou-

venirs français ; Pépin, le premier roi de
France qui ait été sacré, a été sacré, en 750,
par un archevêque de Mayence, saint Boni-
face. Elle n'a point de souvenirs hessois, à
moins que ce ne soit celui-ci : au seizième
siècle, son territoire fut ravagé par Jean le
Batailleur, landgrave de Hesse.

Ceci montre comment le congrès de Vienne
a procédé. Jamais opération chirurgicale ne
s'est faite plus à l'aventure. On s'est hâté
d'amputer la France, de mutiler les nationalités rhénanes, d'en extirper l'esprit français.
On a violemment arraché des morceaux de
l'empire de Napoléon ; l'un a pris celui-ci,
l'autre celui-là, sans regarder même si le
lambeau ne souffrait pas, s'il n'était pas
séparé de son centre, c'est-à-dire de son
cœur, s'il pouvait reprendre sa vie autrement
et se rattacher ailleurs. On n'a posé aucun
appareil, on n'a fait aucune ligature. Ce qui
saignait il y a vingt-cinq ans saigne encore.

Ainsi on a donné à la Bavière quelques
anneaux de la chaîne des Vosges, vingt-six
lieues de long sur vingt et une de large,
cinq cent dix-sept mille quatre-vingts âmes,
trois morceaux de nos trois départements de
la Sarre, du Bas-Rhin et du Mont-Tonnerre.
Avec ces trois morceaux, la Bavière a fait
quatre districts. Pourquoi ces chiffres et pas
d'autres ? Cherchez une raison ; vous ne
trouverez que le caprice.

On a donné à la Hesse-Darmstadt le bout
septentrional des Vosges, le nord du dépar-
tement du Mont-Tonnerre, et cent soixante-
treize mille quatre cents âmes. Avec ces âmes
et ces Vosges, la Hesse a fait onze cantons.

Si l'on promène son regard sur une carte
d'Allemagne vers le confluent du Mein et du
Rhin, on est agréablement surpris d'y voir
s'épanouir une grande fleur à cinq pétales,
découpée en 1815 par les ciseaux délicats du
congrès. Francfort est le pistil de cette rose.
Ce pistil, où vivent en plein développement
deux bourgmestres, quarante-deux sénateurs, soixante administrateurs, et quatre-
vingt-cinq législateurs, contient quarante-six
mille habitants, dont cinq mille Juifs. Les
cinq pétales, peints sur la carte de différentes couleurs, appartiennent à cinq états
différents; le premier est à la Bavière, le
deuxième est à Hesse-Cassel, le troisième à
Hesse-Hombourg, le quatrième à Nassau,
le cinquième à Hesse-Darmstadt.

Était-il nécessaire d'accommoder et d'en-
velopper de cette façon une noble ville, où il
semble, lorsqu'on y est, qu'on sente battre
le cœur de l'Allemagne? Les empereurs y
étaient élus et couronnés; la diète germanique y délibère; Gœthe y est né.

Lorsqu'il parcourt aujourd'hui les provinces rhénanes, sur lesquelles rayonnait il
n'y a pas trente ans cette puissante homo-

généité qui a pénétré si profondément en moins d'un siècle et demi l'antique landgraviat d'Alsace, le voyageur rencontre de temps à autre un poteau blanc et bleu, il est en Bavière ; puis voici un poteau blanc et rouge, il est dans la Hesse ; puis voilà un poteau blanc et noir, il est en Prusse. Pourquoi ? Y a-t-il une raison à cela ? A-t-on passé une rivière, une muraille, une montagne ? A-t-on touché une frontière ? Quelque chose s'est-il modifié dans le pays qu'on a traversé ? Non. Rien n'a changé que la couleur des poteaux. Le fait est qu'on n'est ni en Prusse, ni dans la Hesse, ni en Bavière ; on est sur la rive gauche du Rhin, c'est-à-dire en France, comme sur la rive droite on est en Allemagne.

Insistons donc sur ce point, l'arrangement de 1815 a été une répartition léonine. Les rois ne se sont dit qu'une chose : *Partageons*. — Voici la robe de Joseph, déchirons-la, et que chacun garde ce qui lui restera aux mains. — Ces pièces sont aujourd'hui cousues au bas de chaque état ; on peut les voir ; jamais loques plus bizarrement déchiquetées n'ont traîné sur une mappemonde, jamais haillons ajustés bout à bout par la politique humaine n'ont caché et travesti plus étrangement les éternels et divins compartiments des fleuves, des mers et des montagnes.

Et, tôt ou tard les nobles nations du Rhin
y réfléchiront, c'est d'elles que le congrès
s'est le moins préoccupé. On a pu entrevoir
dans ces quelques lignes nécessairement
sommaires avec quel dédain le congrès a
traité l'histoire, le passé, les affinités géo-
graphiques et commerciales, tout ce qui
constitue l'entité des nations. Chose remarquable, on distribuait des peuples et on ne
songeait pas aux peuples. On s'agrandis-
sait, on s'arrondissait, on s'étendait, voilà
tout. Chacun payait ses dettes avec un peu
de la France. On faisait des concessions viagères et des concessions à réméré. On s'ac-
commodait entre soi. Tel prince demandait
des arrhes ; on lui donnait une ville. Tel autre
réclamait un appoint; on lui jetait un village.

Mais sous cette légèreté apparente, nous
l'avons indiqué, il y avait une pensée profonde, une pensée anglaise et russe qui
s'exécutait, disons-le, aussi bien aux dépens
de l'Allemagne qu'aux dépens de la France.
Le Rhin est le fleuve qui doit les unir ; on
en a fait le fleuve qui les divise.

XIII

Cette situation évidemment est factice, violente, contre nature, et par conséquent mo-
mentanée. Le temps ramène tout à l'équa-
tion ; la France reviendra à sa forme nor-

male et à ses proportions nécessaires. A
notre avis, elle doit et elle peut y revenir pa-
cifiquement, par la force des choses combinée avec la force des idées. A cela pourtant
il y a deux obstacles :

Un obstacle matériel ;

Un obstacle moral.

XIV

L'obstacle matériel, c'est la Prusse.

Nous ne reviendrons pas sur ce que nous
avons déjà dit à ce sujet. Il est impossible
pourtant que dans un temps donné la Prusse
ne reconnaisse pas trois choses :

La première, c'est que, le caractère per-
sonnel des princes toujours laissé hors de
question, l'alliance russe n'est pas et ne peut
pas être un fait simple et clair pour un état
de l'Europe centrale. Ce sont là des rapprochements dont l'arrière-pensée est transparente. Entre royaumes et entre peuples on
peut s'aimer de beaucoup de façons. La
Russie aime l'Allemagne comme l'Angleterre
aime le Portugal et l'Espagne, comme le loup
aime le mouton.

La deuxième, c'est que, malgré tous les
efforts de la Prusse depuis vingt-cinq ans,
malgré force concessions de bien-être, comme
l'abaissement des taxes sur le tabac, le hou-
blon et le vin, si paternel qu'ait été son gou-

vernement, et nous le reconnaissons, la rive
gauche du Rhin est restée française ; tandis
que la rive droite, naturellement et nécessairement allemande, est devenue tout de suite
prussienne. Parcourez la rive droite, entrez
dans les auberges, dans les tavernes, dans
les boutiques ; partout vous verrez le portrait
du grand Frédéric et la bataille de Rosbach
accrochés au mur. Parcourez la rive gauche,
visitez les mêmes lieux, partout vous y trouverez Napoléon et Austerlitz, protestation
muette. La liberté de la presse n'existe pas
dans les possessions prussiennes, mais la
liberté de la muraille y existe encore, et elle
suffit, comme on voit, pour rendre publiques
les pensées secrètes.

En troisième lieu, la Prusse remarquera
que son état, tel que les congrès l'ont coupé,
est mal fait. Qu'est-ce en effet que la Prusse
aujourd'hui ? Trois îles en terre ferme. Chose
bizarre à dire, mais vraie. Le Rhin, et surtout le défaut de sympathie et d'unité, divi-
sent en deux le grand duché du Bas-Rhin,
qui est lui-même séparé de la vieille Prusse
par un détroit où passe un bras de la confédération germanique et où le Hanovre et la
Hesse électorale font leur jonction. Entre les
deux points les plus rapprochés de ce détroit,
Liebenau et Wilzenhs, est précisément situé
Cassel, comme pour interdire toute communication. Étrange sujétion presque absurde à

exprimer, le roi de Prusse ne peut aller chez lui sans sortir de chez lui.

Il est évident que ceci encore n'est qu'une situation provisoire.

La Prusse, disons-le-lui à elle-même, tend à devenir et deviendra un grand royaume homogène, lié dans toutes ses parties, puissant sur terre et sur mer. A l'heure qu'il est, la Prusse n'a de ports que sur la Baltique, mer dont la profondeur n'atteint pas les huit cents pieds du lac de Constance, mer plus facile à fermer encore que la Méditerranée, et qui n'a pas, comme la Méditerranée, l'inappréciable avantage d'être le bassin de la civilisation. Un peuple enfermé dans la Méditerranée a pu devenir Rome. Que deviendrait un peuple enfermé dans la Baltique? Il faut à la Prusse des ports sur l'Océan.

Nul n'a le secret de l'avenir, et Dieu seul, de son doigt inflexible, avance, recule ou efface souverainement les lignes vertes et rouges que les hommes tracent sur les mappemondes. Mais dès à présent, on peut le constater, car une partie en est déjà visible, le travail divin se fait. Dès à présent la Providence remet en ordre, avec sa lenteur infaillible et majestueuse, ce qu'ont dérangé les congrès. En séparant, par l'avènement béni d'une jeune fille, la couronne du Hanovre de la couronne d'Angleterre, en isolant le petit royaume du grand, en frappant

de diverses incapacités morales et physiques,
on pourrait dire de tous les aveuglements à
la fois, la branche de Brunswick restée allemande ou redevenue allemande, c'est-à-dire
en la marquant pour une extinction pro-
chaine, il semble qu'elle laisse déjà entrevoir
son moyen et son but : le Hanovre à la Prusse
et le Rhin à la France.

Quand nous disons le Rhin, nous enten-
dons la rive gauche. Or la Prusse a plus de
rive droite que de rive gauche, et elle gar-
dera la rive droite.

Pour le Hanovre, l'incorporation à la
Prusse, c'est un grand pas vers la liberté, la
dignité et la grandeur. Pour la Prusse, la
possession du Hanovre, c'est d'abord l'ho-
mogénéité du territoire, la suppression du
détroit et de l'obstacle, la jonction du duché
du Rhin à la vieille Prusse ; ensuite, c'est
l'absorption inévitable de Hambourg et d'Ol-
denbourg, c'est l'Océan ouvert, la navigation libre, la possibilité d'être aussi puissante
par la marine que par l'armée.

Qu'est-ce que la rive gauche du Rhin à
côté de tout cela ?

Quant à l'Allemagne proprement dite,
c'est dans les principautés du Danube que
sont ses compensations futures. N'est-il pas
évident que l'empire ottoman diminue et
s'atrophie pour que l'Allemagne s'agran-
disse ?

XV

L'obstacle moral, c'est l'inquiétude que la France éveille en Europe.

La France en effet, pour le monde entier, c'est la pensée, c'est l'intelligence, la publicité, le livre, la presse, la tribune, la parole ; c'est la langue, la pire des choses, dit Ésope : — la meilleure aussi.

Pour apprécier quelle est l'influence de la France dans l'atmosphère continentale et quelle lumière et quelle chaleur elle y répand, il suffit de comparer à l'Europe d'il y a deux cents ans, dont nous avons crayonné le tableau en commençant, l'Europe d'aujourd'hui.

S'il est vrai que le progrès des sociétés soit, et nous le croyons fermement, de marcher par des transformations lentes, successives et pacifiques, du gouvernement d'un seul au gouvernement de plusieurs et du gouvernement de plusieurs au gouvernement de tous ; si cela est vrai, au premier aspect il semble évident que l'Europe, loin d'avancer, comme les bons esprits le pensent, a rétrogradé.

En effet, sans même pour l'instant faire figurer dans ce calcul les monarchies secondaires de la confédération germanique, et en ne tenant compte que des états absolument

indépendants, on se souvient qu'au dix-septième siècle il n'y avait en Europe que douze
monarchies héréditaires ; il y en a dix-sept
maintenant.

Il y avait cinq monarchies électives ; il n'y
en a plus qu'une, le saint-siège.

Il y avait huit républiques ; il n'y en a plus
qu'une, la Suisse.

La Suisse, il faut d'ailleurs l'ajouter, n'a
pas seulement survécu, elle s'est agrandie.
De treize cantons elle est montée à vingt-
deux. Disons-le en passant, — car, si nous
insistons sur les causes morales, nous ne voulons pas omettre les causes physiques, —
toutes les républiques qui ont disparu étaient
dans la plaine ou sur la mer ; la seule qui soit
restée était dans la montagne. Les montagnes conservent les républiques. Depuis
cinq siècles, en dépit des assauts et des
ligues, il y a trois républiques montagnardes
dans l'ancien continent ; une en Europe, la
Suisse, qui tient les Alpes ; une en Afrique,
l'Abyssinie (1), qui tient les montagnes de la
Lune : une en Asie, la Circassie, qui tient le
Caucase.

Si, après l'Europe, nous examinons la confédération germanique, ce microcosme de
l'Europe, voici ce qui apparaît : à partla

(1) Les Abyssins repoussent comme injurieux le
nom d'*Abyssins*. Ils s'appellent *Agassiens*, ce qui signifie libres.

Prusse et l'Autriche, qui comptent parmi les monarchies indépendantes, les six principaux états de la confédération germanique sont : la Bavière, le Wurtemberg, la Saxe, le Hanovre, la Hesse et Bade. De ces six états, les quatre premiers étaient des duchés, ce sont aujourd'hui des royaumes : les deux derniers étaient la Hesse, un landgraviat, et Bade, un margraviat ; ce sont aujourd'hui des grands-duchés.

Quant aux états électifs et viagers du corps germanique, ils étaient nombreux et comprenaient une foule de principautés ecclésiastiques ; tous ont cessé d'exister ; à leur tête se sont éclipsés pour jamais les trois grands électorats archiépiscopaux du Rhin.

Si nous passons aux états populaires, nous trouvons ceci : il y avait en Allemagne soixante-dix villes libres ; il n'y en a plus que quatre, Francfort-sur-le-Mein, Hambourg, Lubeck et Brême.

Et, qu'on le remarque bien, pour faire ce rapprochement nous ne nous sommes pas mis dans les conditions les plus favorables à ce que nous voulions démontrer ; car, si au lieu de 1630 nous avions choisi 1650, par exemple, nous aurions pu retrancher aux états monarchiques, et ajouter aux états démocratiques du dix-septième siècle la république anglaise qui a disparu aujourd'hui comme les autres.

Poursuivons.

Des cinq monarchies électives, deux étaient de premier rang, Rome et l'Empire. La seule qui reste maintenant, Rome, est tombée au troisième rang.

Des huit républiques, une, Venise, était une puissance de second rang. La seule qui subsiste de nos jours, la Suisse, est, comme Rome, un état de troisième ordre.

Les cinq grandes puissances actuellement dirigeantes, la France, la Prusse, l'Autriche, la Russie et l'Angleterre, sont toutes des monarchies héréditaires.

Ainsi, d'après cette confrontation surprenante, qui a gagné du terrain? la monarchie. Qui en a perdu? la démocratie.

Voilà les faits.

Eh bien, les faits se trompent. Les faits ne sont que des apparences. Le sentiment profond et unanime des nations dément les faits et dit que c'est le contraire qui est vrai.

La monarchie a reculé, la démocratie a avancé.

Pour que le côté libéral de la constitution de la vieille Europe non seulement n'ait rien perdu, mais encore ait prodigieusement gagné, malgré la multiplication et l'accroissement des royautés, malgré la chute de tous les états viagers, et, en quelque sorte, présidentiels de l'Allemagne, malgré la disparition de quatre grandes monarchies électives sur cinq, de sept républiques sur huit, et de soixante-six villes libres sur soixante-dix, il suffit d'un fait : la France a passé de l'état de monarchie pure à l'état de monarchie populaire.

Ce n'est qu'un pas, mais ce pas est fait par la France ; et, dans un temps donné, tous les pas que fait la France le monde les fera. Ceci est tellement vrai, que, lorsqu'elle se hâte, le monde se révolte contre elle, et la prend à partie, trouvant plus facile encore de la combattre que de la suivre. Aussi la politique de la France doit-elle être une politique conductrice et toujours se résumer en deux mots : ne jamais marcher assez lentement pour arrêter l'Europe, ne jamais marcher assez vite pour empêcher l'Europe de rejoindre.

Le tableau que nous venons de dresser dans les quelques pages qui précèdent prouve encore, et prouve souverainement, ceci : c'est que les mots ne sont rien, c'est que les idées sont tout. A quoi bon batailler en effet pour ou contre le mot *république*, par exemple, lorsqu'il est démontré que sept républiques, quatre états électifs et soixante-dix villes franches tiennent moins de place dans la civilisation européenne qu'une idée de liberté semée par la France à tous les vents ?

En effet, les états nuisent ou servent à la civilisation, non par le nom qu'ils portent, mais par l'exemple qu'ils donnent. Un exemple est une proclamation.

Or, quel est l'exemple que donnaient les républiques disparues, et quel est l'exemple que donne la France?

Venise aimait passionnément l'égalité. Le doge n'avait que sa voix au sénat. La police entrait chez le doge comme chez le dernier citoyen, et, masquée, fouillait ses papiers en sa présence sans qu'il osât dire un mot. Les parents du doge étaient suspects à la république par cela seul qu'ils étaient parents du doge. Les cardinaux vénitiens lui étaient suspects comme princes étrangers. Catherine Cornaro, reine de Chypre, n'était à Venise qu'une dame de Venise. La république avait proscrit les titres héraldiques. Un jour un sénateur, nommé par l'empereur comte du saint-empire, fit sculpter en pierre sur le fronton de sa porte une couronne comtale, au-dessus de son blason. Le lendemain matin la couronne avait disparu. Le conseil des Dix l'avait fait briser à coups de marteau. Le sénateur dévora l'affront et fit bien. Sous François Foscari, quand le roi de Dacie vint séjourner à Venise, la république lui donna rang de citoyen; rien de plus. Jusqu'ici tout va d'accord, et l'égalité la plus jalouse n'a rien à reprendre. Mais au-dessus des citoyens, il y a des citadins. Les citoyens, c'est la noblesse; les citadins, c'est le peuple. Or les citadins, c'est-à-dire le peuple, n'avaient aucun droit. Leur magistrat suprême, qui s'appelait le chancelier des citadins et qui était une façon de doge plébéien, n'avait rang que fort loin après le dernier des nobles. Il y avait entre le bas et le haut de l'État une muraille infranchissable, et en aucun cas la citadinance ne menait à la seigneurie. Une fois seulement, au quatorzième siècle, trente bourgeois opulents se ruinèrent presque pour sauver la république et obtinrent en récompense, ou, pour mieux dire, en paiement, la noblesse ; mais cela fit presque une révolution ; et ces trente noms, aux yeux des patriciens purs, ont été jusqu'à nos jours les trente taches du livre d'or. La seigneurie déclarait ne devoir au peuple qu'une chose, le pain à bon marché. Joignez à cela le carnaval de cinq mois, et Juvénal pourra dire : *Panem et circenses.* Voilà comment Venise comprenait l'égalité. — Le droit public français a aboli tout privilège. Il a proclamé la libre accessibilité de toutes les aptitudes à tous les emplois, et cette parité du premier comme du dernier regnicole devant le droit politique est la seule vraie, la seule raisonnable, la seule absolue. Quel que soit le hasard de la naissance, elle extrait de l'ombre, constate et consacre les supériorités naturelles, et par l'égalité des conditions elle met en saillie l'inégalité des intelligences.

Dans Gênes comme dans Venise il y avait deux états, la grande république, régie par

ce qu'on appelait le palais, c'est-à-dire par le
doge et l'aristocratie, la petite république,
régie par l'office de Saint-Georges. Seulement, au contraire de Venise, maintes fois la
république d'en bas gênait, entravait, et
même opprimait la république d'en haut. La
communauté de Saint-Georges se composait
de tous les créanciers de l'État qu'on nommait les prêteurs. Elle était puissante et avare,
et rançonnait fréquemment la seigneurie. Elle
avait prise sur toutes les gabelles, part à tous
les privilèges, et possédait exclusivement la
Corse, qu'elle gouvernait rudement. Rien
n'est plus dur qu'un gouvernement de nobles,
si ce n'est un gouvernement de marchands.
Prise absolument et en elle-même, Gênes
était une nation de débiteurs menée par une
nation de créanciers. A Venise, l'impôt pesait surtout sur la citadinance ; à Gênes, il
écrasait souvent la noblesse. — La France
qui a proclamé l'égalité de tous devant la loi,
a aussi proclamé l'égalité de tous devant
l'impôt. Elle ne souffre aucun compartiment
dans la caisse de l'État. Chacun y verse et y
puise. Et, ce qui prouve la bonté du principe,
de même que son égalité politique respecte
l'inégalité des intelligences, son égalité devant l'impôt respecte l'inégalité des fortunes.

A Venise, l'état vendait des offices, et,
moyennant un droit qu'on appelait *dépôt de
conseil*, les mineurs pouvaient entrer, siéger

et voter avant l'âge dans les assemblées. —
La France a aboli la vénalité des fonctions
publiques.

A Venise le silence régnait. — En France
la parole gouverne.

A Gênes, la justice était rendue par une
rote toujours composée de cinq docteurs
étrangers. A Lucques, la rote ne contenait
que trois docteurs; le premier était podestat,
le second juge civil, le troisième juge cri-
minel; et non seulement ils devaient être
étrangers, mais encore il fallait qu'ils fussent
nés à plus de cinquante milles de Lucques.
— La France a établi, en principe et en fait,
que la seule justice est la justice du pays.

A Gênes, le doge était gardé par cinq cents
Allemands; à Venise, la république était défendue en terre ferme par une armée étrangère, toujours commandée par un général
étranger; à Raguse, les lois étaient placées
sous la protection de cent Hongrois, menés
par leur capitaine, lesquels servaient aux
exécutions; à Lucques la seigneurie était
protégée dans son palais par cent soldats
étrangers qui, comme les juges, ne pouvaient
être nés à moins de cinquante milles de la cité.
— La France met le prince, le gouvernement
et le droit public sous la protection des gardes
nationales. Les anciennes républiques semblaient se défier d'elles-mêmes. La France se
fie à la France.

A Lucques, il y avait une inquisition de la vie privée, qui s'intitulait *conseil des discoles*. Sur une dénonciation jetée dans la boîte du conseil, tout citoyen pouvait être déclaré discole, c'est-à-dire homme de mauvais exemple, et banni pour trois ans, sous peine de mort en cas de rupture de ban. De là, des abus sans nombre. — La France a aboli tout cet ostracisme. La France mure la vie privée.

En Hollande, l'exception régissait tout. Les États votaient par province, et non par tête. Chaque province avait ses lois spéciales, féodales en West-Frise, bourgeoises à Groningue, populaires dans les Ommelandes. Dans la province de Hollande, dix-huit villes seulement (1) avaient droit d'être consultées pour les affaires générales et ordinaires de la république ; sept autres (2) pouvaient être admises à donner leur avis, mais uniquement lorsqu'il s'agissait de la paix ou de la guerre, ou de la réception d'un nouveau prince. Ces vingt-cinq exceptées, aucune des autres villes n'était consultée, celles-là parce qu'elles appartenaient à des

(1) Dordrecht, Harlem, Delft, Leyde, Amsterdam, Goude, Rotterdam, Gorcum, Schiedam, Schoohewe, Briel, Alcmar, Hoorne, Inchuisem, Edam, Monikendam, Medemblyck et Purmeseynde.

(2) Woordem, Oudewater, Ghertruydenberg, Heusden, Naerden, Weesp et Muyden.

seigneurs particuliers, celles-ci parce qu'elles
n'étaient pas villes fermées. Trois villes impé-
riales battant monnaie gouvernaient l'Over-
Yssel, chacune avec une prérogative inégale ;
Deventer était la première, Campen la seconde et Zwoll la troisième. Les villes et les
villages du duché de Brabant obéissaient aux
états-généraux sans avoir le droit d'y être
représentés. — En France, la loi est une
pour toutes les cités comme pour tous les
citoyens.

Genève était protestante, mais Genève était
intolérante. Le pétillement sinistre des bûchers accompagnait la voix querelleuse de
ses docteurs. Le fagot de Calvin s'allumait
aussi bien et flambait aussi clair à Genève
que le fagot de Torquemada à Madrid. — La
France professe, affirme et pratique la liberté
de conscience.

Qui le croirait? la Suisse, en apparence populaire et paysanne, était un pays de privilège, de hiérarchie et d'inégalité. La république était partagée en trois régions. La
première région comprenait les treize cantons et avait la souveraineté. La deuxième
région contenait l'abbé et la ville de Saint-
Gall, les Grisons, les Valaisans, Richter-
schwyl, Biel et Mulhausen. La troisième région englobait sous une sujétion passive les
pays conquis, soumis ou achetés. Ces pays
étaient gouvernés de la façon la plus inégale

et la plus singulière. Ainsi Bade en Argovie, acquise en 1415, et la Thurgovie, acquise en 1460, appartenaient aux huit premiers cantons. Les sept premiers cantons régissaient exclusivement les Libres Provinces prises en 1415 et Sargans vendu à la Suisse en 1483 par le comte Georges de Werdenberg. Ces trois premiers cantons étaient suzerains de Bilitona et de Bellinzona. Ragatz, Lugano, Locarno, Mendrisio, le Val-Maggia, donnés à la Confédération en 1513 par François Sforze, duc de Milan, obéissaient à tous les cantons, Appenzell excepté. — La France n'admet pas de hiérarchie entre les parties du territoire. L'Alsace est égale à la Touraine, le Dauphiné est aussi libre que le Maine, la Franche-Comté est aussi souveraine que la Bretagne, et la Corse est aussi française que l'Ile-de-France.

On le voit, et il suffit pour cela d'examiner la comparaison que nous venons d'ébaucher, les anciennes républiques exprimaient des généralités locales ; la France exprime des idées générales.

Les anciennes républiques représentaient des intérêts. La France représente des droits.

Les anciennes républiques, venues au hasard, étaient le fruit tel quel de l'histoire, du passé et du sol. La France modifie et corrige l'arbre, et sur un passé qu'elle subit greffe un avenir qu'elle choisit.

14

L'inégalité entre les individus, entre les villes, entre les provinces, l'inquisition sur la conscience, l'inquisition sur la vie privée, l'exception dans l'impôt, la vénalité des charges, la division par castes, le silence imposé à la pensée, la défiance faite loi de l'état. une justice étrangère dans la cité, une armée étrangère dans le pays, voilà ce qu'admettaient, selon le besoin de leur politique ou de leurs intérêts, les anciennes républiques. — La nation une, le droit égal, la conscience inviolable, la pensée reine, le privilège aboli, l'impôt consenti, la justice nationale, l'armée nationale, voilà ce que proclame la France.

Les anciennes républiques résultaient toujours d'un cas donné, souvent unique, d'une coïncidence de phénomènes, d'un arrangement fortuit d'éléments disparates, d'un accident ; jamais d'un système. La France croit en même temps qu'elle est ; elle discute sa base et la critique, et l'éprouve assise par assise ; elle pose des dogmes et en conclut l'état ; elle a une foi, l'amélioration ; un culte, la liberté ; un évangile, le vrai en tout. Les républiques disparues vivaient petitement et sobrement dans leur chétif ménage politique ; elles songeaient à elles, et rien qu'à elles ; elles ne proclamaient rien, elles n'enseignaient rien ; elles ne gênaient ni n'enlaidissaient aucun despotisme par le voisinage de leur liberté ; elles n'avaient rien à elles qui pût aller aux autres nations. La France, elle, stipule pour le peuple et pour tous les peuples, pour l'homme et pour tous les hommes, pour la conscience et pour toutes les consciences. Elle a ce qui sauve les nations, l'unité ; elle n'a pas ce qui les perd, l'égoïsme. Pour elle, conquérir des provinces, c'est bien ; conquérir des esprits, c'est mieux. Les républiques du passé, crénelées dans leur coin, faisaient toutes quelque chose de limité et de spécial ; leur forme, insistons sur ce point, était inapplicable à autrui ; leur but ne sortait point d'elles-mêmes. Celle-ci construisait une seigneurie, celle-là une bourgeoisie, cette autre une commune, cette dernière une boutique. La France construit la société humaine.

Les anciennes républiques se sont éclipsées. Le monde s'en est à peine aperçu. Le jour où la France s'éteindrait, le crépuscule se ferait sur la terre.

Nous sommes loin de dire pourtant que les anciennes républiques furent inutiles au progrès de l'Europe ; mais il est certain que la France est nécessaire.

Pour tout résumer en un mot, des anciennes républiques il ne sortait que des faits ; de la France il sort des principes.

Là est le bienfait. Là aussi est le danger.

De la mission même que la France s'est donnée, c'est-à-dire, selon nous, a reçue d'en haut, il résulte plus d'un péril, surtout plus d'une alarme.

L'extrême largeur des principes français fait que les autres peuples peuvent vouloir se les essayer. Être Venise, cela ne tenterait aucune nation ; être la France cela les tenterait toutes. De là, des entreprises éventuelles que redoutent les couronnes.

La France parle haut, et toujours, et à tous. De là un grand bruit qui fait veiller les uns ; de là un grand ébranlement qui fait trembler les autres.

Souvent ce qui est promesse aux peuples semble menace aux princes.

Souvent aussi qui proclame déclame.

La France propose beaucoup de problèmes à la méditation des penseurs. Mais ce qui fait méditer les penseurs fait aussi songer les insensés.

Parmi ces problèmes, il y en a quelques-uns que les esprits puissants et vrais résolvent par le bon sens ; il y en a d'autres que les esprits faux résolvent par le sophisme ; il y en a d'autres que les esprits farouches résolvent par l'émeute, le guet-apens ou l'assassinat.

Et puis, — et ceci d'ailleurs est l'inconvénient des théories, — on commence par nier le privilège, et l'on a raison tout à fait ; puis on nie l'hérédité, et l'on n'a plus raison qu'à demi ; puis on nie la propriété, et l'on n'a plus raison du tout ; puis on nie la famille, et l'on a complètement tort ; puis on nie le cœur humain, et l'on est monstrueux. Même, en niant le privilège, on a eu tort de ne point distinguer tout d'abord entre le privilège institué dans l'intérêt de l'individu, celui-là est mauvais, et le privilège institué dans l'intérêt de la société, celui-ci est bon. L'esprit de l'homme, mené par cette chose aveugle qu'on appelle la logique, va volontiers du général à l'absolu, et de l'absolu à l'abstrait. Or, en politique, l'abstrait devient aisément féroce. D'abstraction en abstraction on devient Néron ou Marat. Dans le demi-siècle qui vient de s'écouler, la France, car nous ne voulons rien atténuer, a suivi cette pente ; mais elle a fini par remonter vers le vrai.

En 89 elle a rêvé un paradis, en 93 elle a réalisé un enfer ; en 1800 elle a fondé une dictature, en 1815 une restauration, en 1830 un état libre. Elle a composé cet état libre d'élection et d'hérédité. Elle a dévoré toutes les folies avant d'arriver à la sagesse ; elle a subi toutes les révolutions avant d'arriver à la liberté. Or, à sa sagesse d'aujourd'hui on reproche ses folies d'hier ; à sa liberté on reproche ses révolutions.

Qu'on nous permette ici une digression, qui d'ailleurs va indirectement à notre but. Tout ce qu'on reproche à la France, tout ce que la France a fait, l'Angleterre l'a fait avant

elle. — Seulement, — est-ce pour ce motif
qu'on ne reproche rien à celle-là ? — les principes qui ont surgi de la révolution anglaise
sont moins féconds que ceux qui se sont
dégagés de la révolution française. L'une,
égoïste comme toutes ces autres républiques
qui sont mortes, n'a stipulé que pour le
peuple anglais ; l'autre, nous l'avons dit tout
à l'heure, a stipulé pour l'humanité tout entière.

Du reste, le parallèle est favorable à la
France. Les massacres du Connaught dé-
passent 93. La révolution anglaise a eu plus
de puissance pour le mal que la nôtre, et
moins de puissance pour le bien ; elle a tué
un plus grand roi et produit un moins grand
homme. On admire Charles Ier ; on ne peut
que plaindre Louis XVI. Quant à Cromwell,
l'enthousiasme hésite devant ce grand homme
difforme. Ce qu'il a de Scarron gâte ce qu'il
a de Richelieu ; ce qu'il a de Robespierre
gâte ce qu'il a de Napoléon.

On pourrait dire que la révolution britan-
nique est circonscrite dans sa portée et dans
son rayonnement par la mer, comme l'Angleterre elle-même. La mer isole les idées et
les événements comme les peuples. Le pro-
tectorat de 1657 est à l'empire de 1811 dans
la proportion d'une île à un continent.

Si frappantes que fussent, au milieu
même du dix-septième siècle, ces aventures

d'une puissante nation, les contemporains y
croyaient à peine. Rien de précis ne se des-
sinait dans cet étrange tumulte. Les peuples
de ce côté du détroit n'entrevoyaient les
grandes et fatales figures de la révolution
anglaise que derrière l'écume des falaises et
les brumes de l'Océan. La sombre et ora-
geuse tragédie où étincelaient l'épée de
Cromwell et la hache de Hewlet n'apparaissait aux rois du continent qu'à travers l'éternel rideau de tempêtes que la nature déploie
entre l'Angleterre et l'Europe. A cette distance et dans ce brouillard ce n'étaient plus
des hommes, c'étaient des ombres.

Chose bien digne de remarque et d'insis-
tance, dans l'espace d'un demi-siècle, deux
têtes royales ont pu tomber en Angleterre,
l'une sous un couperet royal, l'autre sur un
échafaud populaire, sans que les têtes royales
d'Europe en fussent émues autrement que de
pitié. Quand la tête de Louis XVI tomba à
Paris, la chose parut toute nouvelle, et l'at-
tentat sembla inouï. Le coup frappé par la
main vile de Marat et de Couthon retentit
plus avant dans la terreur des rois que les
deux coups frappés par le bras souverain
d'Élisabeth et par le bras formidable de
Cromwell. Il serait presque exact de dire
que, pour le monde, ce qui ne s'est pas fait
en France ne s'est pas encore fait.

1587 et 1649, deux dates pourtant bien lugubres, sont comme si elles n'étaient pas et disparaissent sous le flamboiement hideux de ces quatre chiffres sinistres : 1793.

Il est certain, quant à l'Angleterre, que le *penitus toto divisos orbe britannos* a été longtemps vrai. Jusqu'à un certain point il l'est encore. L'Angleterre est moins près du continent qu'elle ne le croit elle-même. Le roi Canut le Grand, qui vivait au onzième siècle, semble à l'Europe aussi lointain que Charlemagne. Pour le regard, les chevaliers de la Table ronde reculent dans les brouillards du moyen âge presque au même plan que les paladins. La renommée de Shakespeare a mis cent quarante ans à traverser le détroit. De nos jours, quatre cents enfants de Paris, silencieusement amoncelés comme les mouches d'octobre dans les angles noirs de la vieille porte Saint-Martin, et piétinant sur le pavé pendant trois soirées, troublent plus profondément l'Europe que tout le sauvage vacarme des élections anglaises.

. Il y a donc, dans la peur que la France inspire aux princes européens, un effet d'optique et un effet d'acoustique, double grossissement dont il faudrait se défier. Les rois ne voient pas la France telle qu'elle est. L'Angleterre fait du mal ; la France fait du bruit.

Les diverses objections qu'on oppose en Europe, depuis 1830 surtout, à l'esprit fran-

çais, doivent, à notre avis, être toutes abor-
dées de front, et, pour notre part, nous ne
reculerons devant aucune. Au dix-neuvième
siècle, nous le proclamons avec joie et avec
orgueil, le but de la France, c'est le peuple,
c'est l'élévation graduelle des intelligences,
c'est l'adoucissement progressif du sort des
classes nombreuses et affligées ; c'est le présent amélioré par l'éducation des hommes,
c'est l'avenir assuré par l'éducation des enfants. Voilà, certes, une sainte et illustre mission. Nous ne nous dissimulons pas pourtant
qu'à cette heure une portion du peuple, à
coup sûr la moins digne et peut-être la moins
souffrante, semble agitée de mauvais instincts ; l'envie et la jalousie s'y éveillent ; le
paresseux d'en bas regarde avec fureur l'oi-
sif d'en haut, auquel il ressemble pourtant ;
et, placée entre ces deux extrêmes, qui se
touchent plus qu'ils ne le croient, la vraie société, la grande société qui produit et qui
pense, paraît menacée dans le conflit. Un travail souterrain de haine et de colère se fait
dans l'ombre, de temps en temps de graves
symptômes éclatent, et nous ne nions pas
que les hommes sages, aujourd'hui si affec-
tueusement inclinés sur les classes souffrantes,
ne doivent mêler peut-être quelque défiance
à leur sympathie. Selon nous, c'est le cas de
surveiller, ce n'est point le cas de s'effrayer.
Ici encore, qu'on y songe bien, dans tous ces

faits dont l'Europe s'épouvante et qu'elle déclare inouïs, il n'y a rien de nouveau. L'Angleterre avait eu avant nous des révolutionnaires ; l'Allemagne, qu'elle nous permette de le lui dire, avait eu avant nous des communistes. Avant la France, l'Angleterre avait décapité la royauté ; avant la France, la Bohême avait nié la société. Les hussites, j'ignore si nos sectaires contemporains le savent, avaient pratiqué dès le quinzième siècle toutes leurs théories. Ils arboraient deux drapeaux ; sur l'un ils avaient écrit : *Vengeance du petit contre le grand!* et ils attaquaient ainsi l'ordre social momentané ; sur l'autre ils avaient écrit : *Réduire à cinq toutes les villes de la terre!* et ils attaquaient ainsi l'ordre social éternel. On voit que, par l'idée, ils étaient aussi « avancés » que ce qu'on appelle aujourd'hui les communistes ; par l'action, voici où ils en étaient : — ils avaient chassé un roi, Sigismond, de sa capitale, Prague ; ils étaient maîtres d'un royaume, la Bohême ; ils avaient un général homme de génie, Ziska ; ils avaient bravé un concile, celui de Bâle, en 1431, et huit diètes, celle de Vienne, celle de Presbourg, les deux de Francfort et les trois de Nuremberg ; ils avaient tenu eux-mêmes une diète à Czaslau, déposé solennellement un roi et créé une régence ; ils avaient affronté deux croisades suscitées contre eux par Martin V ; ils épou-

vantaient l'Europe à tel point, qu'on avait
établi contre eux un conseil de guerre permanent à Nuremberg, une milice perpétuelle
commandée par l'électeur de Brandebourg,
une paix générale qui permettait à l'Allemagne de réunir toutes ses forces pour leur
extermination, et un impôt universel, le *de-*
nier commun, que le prince souverain payait
comme le paysan. La terreur de leur approche avait fait transporter la couronne de
Charlemagne et les joyaux de l'empire de
Carlstein à Bude, et de Bude à Nuremberg.
Ils avaient effroyablement dévasté, en présence de l'Allemagne armée et effarée, huit
provinces, la Misnie, la Franconie, la Bavière,
la Lusace, la Saxe, l'Autriche, le Brandebourg et la Prusse ; ils avaient battu les meilleurs capitaines de l'Europe, l'empereur Sigismond, le duc Coribut Jagellon, le cardinal
Julien, l'électeur de Brandebourg et le légat
du pape. Devant Prague, à Teutschbroda, à
Saatz, à Aussig, à Riesenberg, devant Mies
et devant Taus, ils avaient exterminé huit
fois l'armée du saint-empire, et, dans ces huit
armées, il y en avait une de cent mille hommes
commandée par l'empereur Sigismond, une
de cent vingt mille hommes, commandée par
le général Julien, et une de deux cent mille
hommes commandée par les électeurs de
Trêves, de Saxe et de Brandebourg. Cette
dernière seulement, dans l'état des forces

militaires du quinzième siècle, représente-
rait aujourd'hui un armement de douze cent
mille soldats. Et combien de temps dura
cette guerre faite par une secte à l'Europe et
au genre humain ? Seize ans. De 1420 à 1436.
Sans nul doute, c'était là un sauvage et gigantesque ennemi. Eh bien, la civilisation du
quinzième siècle, par cela même que c'était
la barbarie et qu'elle était la civilisation, a
été assez forte pour le saisir, l'étreindre et
l'étouffer. Croit-on que la civilisation du dix-
neuvième siècle doive trembler devant une
douzaine de fainéants ivres qui épellent un
libelle dans un cabaret ?

Quelques malheureux, mêlés à quelques
misérables, voilà les hussites du dix-neuvième
siècle. Contre une pareille secte, contre
un pareil danger, deux choses suffisent, la
lumière dans les esprits, un caporal et quatre
hommes dans la rue.

Rassurons-nous donc et rassurons le continent.

La Russie et l'Angleterre laissées dans
l'exception, et nous avons dit pourquoi, on
reconnaît en Europe, sans compter les petits
états, deux sortes de monarchies, les anciennes et les nouvelles. Sauf les restrictions
de détail, les anciennes déclinent, les nouvelles grandissent. Les anciennes sont : l'Espagne, le Portugal, la Suède, le Danemark,

Rome, Naples et la Turquie. A la tête de ces
vieilles monarchies est l'Autriche, grande
puissance allemande. Les nouvelles sont : la
Belgique, la Hollande, la Saxe, la Bavière,
le Wurtemberg, la Sardaigne et la Grèce. A
la tête de ces jeunes royaumes est la Prusse,
autre grande puissance allemande. Une seule
monarchie dans ce groupe d'états de tout âge
jouit d'un magnifique privilège, elle est tout
à la fois vieille et jeune, elle a autant de passé
que l'Autriche et autant d'avenir que la
Prusse : c'est la France.

Ceci n'indique-t-il pas clairement le rôle
nécessaire de la France ? La France est le
point d'intersection de ce qui a été et de ce
qui sera, le lien commun des vieilles royautés
et des jeunes nations, le peuple qui se souvient et le peuple qui espère. Le fleuve des
siècles peut couler, le passage de l'humanité
est assuré ; la France est le pont granitique
qui portera les générations d'une rive à l'autre.

Qui donc pourrait songer à briser ce pont
providentiel ? qui donc pourrait songer à détruire ou à démembrer la France ? Y échouer
serait s'avouer fou. Y réussir serait se faire
parricide.

Ce qui inquiète étrangement les couronnes
c'est que la France, par cette puissance de
dilatation qui est propre à tous les principes
généreux, tend à répandre au dehors sa liberté.

Ici il est besoin de s'entendre.

La liberté est nécessaire à l'homme. On pourrait dire que la liberté est l'air respirable de l'âme humaine. Sous quelque forme que ce soit, il la lui faut. Certes, tous les peuples européens ne sont point complètement libres ; mais tous le sont par un côté. Ici c'est la cité qui est libre, là c'est l'individu ; ici c'est la place publique, là c'est la vie privée ; ici c'est la conscience, là c'est l'opinion. On pourrait dire qu'il y a des nations qui ne respirent que par une de leurs facultés, comme il y a des malades qui ne respirent que d'un poumon. Le jour où cette respiration leur serait interdite ou impossible, la nation et le malade mourraient. En attendant, ils vivent, jusqu'au jour où viendra la pleine santé, c'est-à-dire la pleine liberté. Quelquefois la liberté est dans le climat ; c'est la nature qui la fait et qui la donne. Aller demi-nu le bonnet rouge sur la tête, avec un haillon de toile pour caleçon et un haillon de laine pour manteau ; se laisser caresser par l'air chaud, par le soleil rayonnant, par le ciel bleu, par la mer bleue ; se coucher à la porte du palais à l'heure même où le roi s'y couche dans l'alcôve royale, et mieux dormir dehors que le roi dedans ; faire ce qu'on veut ; exister presque sans travail, travailler presque sans fatigue, chanter soir et matin, vivre comme l'oiseau ; c'est la liberté du peuple à Naples.

Quelquefois la liberté est dans le caractère
même de la nation ; c'est encore là un don du
ciel. S'accouder tout le jour dans une taverne,
aspirer le meilleur tabac, humer la meilleure
bière, boire le meilleur vin, n'ôter sa pipe de
sa bouche que pour y porter son verre, et cependant ouvrir toutes grandes les ailes de
son âme, évoquer dans son cerveau les poètes
et les philosophes, dégager de tout la vertu,
construire des utopies, déranger le présent,
arranger l'avenir, faire éveiller tous les beaux
songes qui voilent la laideur des réalités,
oublier et se souvenir à la fois, et vivre ainsi,
noble, grave, sérieux, le corps dans la fumée, l'esprit dans les chimères ; c'est la
liberté de l'allemand. Le napolitain a la liberté
morale ; la liberté du lazzarone a fait Ros-
sini ; la liberté de l'allemand a fait Hoffmann.
Nous, Français, nous avons la liberté morale
comme l'Allemand et la liberté politique
comme l'Anglais ; mais nous n'avons pas la
liberté matérielle. Nous sommes esclaves du
climat ; nous sommes esclaves du travail. Ce
mot doux et charmant, *libre comme l'air*,
on peut le dire du lazzarone, on ne peut le
dire de nous. Ne nous plaignons pas, car la
liberté matérielle est la seule qui puisse se
passer de dignité ; et en France, à ce point
d'initiative civilisatrice où la nation est par-
venue, il ne suffit pas que l'individu soit libre,
il faut encore qu'il soit digne. Notre partage

est beau. La France est aussi noble que la
noble Allemagne ; et, de plus que l'Allemagne. elle a le droit d'appliquer directe-
ment la force fécondante de son esprit à
l'amélioration des réalités. Les Allemands
ont la liberté de la rêverie, nous avons la
liberté de la pensée.

Mais pour que la libre pensée soit conta-
gieuse, il faut que les peuples aient subi de
longues préparations, plus divines encore
qu'humaines. Ils n'en sont pas là. Le jour où
ils en seront là, la pensée française, mûrie
par tout ce qu'elle aura vu et tout ce qu'elle
aura fait, loin de perdre les rois, les sauvera.

C'est du moins notre conviction profonde.

A quoi bon donc gêner et amoindrir cette
France, qui sera peut-être dans l'avenir la
providence des nations ?

A quoi bon lui refuser ce qui lui appartient?

On se souvient que nous n'avons voulu
chercher de ce problème que la solution pacifique ; mais, à la rigueur, n'y en aurait-il
pas une autre ? Il y a déjà, dans le plateau
de la balance où se pèsera un jour la question du Rhin, un grand poids, le bon droit de
la France. Faudra-t-il donc y jeter aussi cet
autre poids terrible, la colère de la France ?

Nous sommes de ceux qui pensent fermement et qui espèrent qu'on n'en viendra
point là.

Qu'on songe à ce que c'est que la France.

Vienne, Berlin, Saint-Pétersbourg, Londres ne sont que des villes ! Paris est un cerveau.

Depuis vingt-cinq ans, la France mutilée n'a cessé de grandir de cette grandeur qu'on ne voit pas avec les yeux de la chair, mais qui est la plus réelle de toutes, la grandeur intellectuelle. Au moment où nous sommes, l'esprit français se substitue peu à peu à la vieille âme de chaque nation.

Les plus hautes intelligences qui, à l'heure qu'il est, représentent pour l'univers entier la politique, la littérature, la science et l'art, c'est la France qui les a et qui les donne à la civilisation.

Qu'on la satisfasse donc. Surtout qu'on réfléchisse à ceci :

L'Europe ne peut être tranquille tant que la France n'est pas contente.

Et après tout enfin, quel intérêt pourrait avoir l'Europe à ce que la France inquiète, comprimée à l'étroit dans des frontières contre nature, obligée de chercher une issue à la sève qui bouillonne en elle, devînt forcément, à défaut d'autre rôle, une Rome à la civilisation future, affaiblie matériellement, mais moralement agrandie ; métropole de l'humanité, comme l'autre Rome l'est de la chrétienté, regagnant en influence plus qu'elle n'aurait perdu en territoire, retrouvant sous une forme la suprématie qui lui appartient et

15

qu'on ne lui enlèvera pas, remplaçant sa vieille prépondérance militaire par un formidable pouvoir spirituel qui ferait palpiter le monde, vibrer les fibres de chaque homme et trembler les planches de chaque trône ; toujours inviolable par son épée, mais reine désormais par son clergé littéraire, par sa langue universelle au dix-neuvième siècle comme le latin l'était au douzième ; par ses journaux, par son initiative centrale, par les sympathies, secrètes ou publiques, mais profondes, des nations, ayant ses grands écrivains pour papes, et quel pape qu'un Pascal ! ses grands sophistes pour antechrists, et quel antechrist qu'un Voltaire ! tantôt éclairant, tantôt embrassant le continent avec sa presse, comme le faisait Rome avec sa chaire, comprise parce qu'elle serait écoutée, obéie parce qu'elle serait crue, indestructible parce qu'elle aurait une racine dans le cœur de chacun, déposant des dynasties au nom de la liberté, excommuniant des rois de la grande communion humaine, dictant des chartes-évangiles, promulguant des brefs populaires, lançant des idées et fulminant des révolutions !

XVI

Récapitulons.

Il y a deux cents ans, deux états envahisseurs pressaient l'Europe.

En d'autres termes, deux égoïsmes, **mena-**
çaient la civilisation.

Ces deux états, ces deux égoïsmes, étaient
la Turquie et l'Espagne.

L'Europe s'est défendue.

Ces deux états sont tombés.

Aujourd'hui le phénomène alarmant se re-
produit.

Deux autres états, assis sur les mêmes
bases que les précédents, forts des mêmes
forces et mus du même mobile, menacent
l'Europe.

Ces deux états, ces deux égoïsmes, sont la
Russie et l'Angleterre.

L'Europe doit se défendre.

L'ancienne Europe, qui était d'une con-
struction compliquée, est démolie ; l'Europe
actuelle est d'une forme plus simple. Elle se
compose essentiellement de la France et de
l'Allemagne, double centre auquel doit s'appuyer au nord comme au midi le groupe des
nations.

L'alliance de la France et de l'Allemagne,
c'est la constitution de l'Europe. L'Allemagne
adossée à la France arrête la Russie ; la
France amicalement adossée à l'Allemagne
arrête l'Angleterre.

La désunion de la France et de l'Allemagne c'est la dislocation de l'Europe. L'Allemagne hostilement tournée vers la France
laisse entrer la Russie ; la France hostilement

tournée vers l'Allemagne laisse pénétrer l'Angleterre.

Donc, ce qu'il faut aux deux envahisseurs, c'est la désunion de l'Allemagne et de la France.

Cette désunion a été préparée et combinée habilement en 1815 par la politique russe-anglaise.

Cette politique a créé un motif permanent d'animosité entre les deux nations centrales.

Ce motif d'animosité, c'est le don de la rive gauche du Rhin à l'Allemagne. Or cette rive gauche appartient naturellement à la France.

Pour que la proie fût bien gardée, on l'a donnée au plus jeune et au plus fort des peuples allemands, à la Prusse.

Le congrès de Vienne a posé des frontières sur les nations comme des harnais de hasard et de fantaisie, sans même les ajuster. Celui qu'on a mis alors à la France accablée, épuisée et vaincue est une chemise de gêne et de force ; il est trop étroit pour elle, il la gêne et la fait saigner.

Grâce à la politique de Londres et de Saint-Pétersbourg, depuis vingt-cinq ans nous sentons l'ardillon de l'Allemagne dans la plaie de la France.

De là, en effet, entre les deux peuples, faits pour s'entendre et pour s'aimer, une antipathie qui pourrait devenir une haine.

Pendant que les deux nations centrales se

craignent, s'observent et se menacent, la
Russie se développe silencieusement, l'Angleterre s'étend dans l'ombre.

Le péril croît de jour en jour. Une sape
profonde est creusée. Un grand incendie
couve peut-être dans les ténèbres. L'an dernier, grâce à l'Angleterre, le feu a failli
prendre à l'Europe.

Or qui pourrait dire ce que deviendrait
l'Europe dans cet embrasement, pleine
comme elle est d'esprits, de têtes et de nations combustibles ?

La civilisation périrait.

Elle ne peut périr. Il faut donc que les nations centrales s'entendent.

Heureusement, ni la France ni l'Allemagne
ne sont égoïstes. Ce sont deux peuples sin-
cères, désintéressés et nobles, jadis nations de
chevaliers, aujourd'hui nations de penseurs ;
jadis grands par l'épée, aujourd'hui grands
par l'esprit. Leur présent ne démentira pas
leur passé ; l'esprit n'est pas moins généreux
que l'épée.

Voici la solution : abolir tout motif de haine
entre les deux peuples ; fermer la plaie faite
à notre flanc en 1815; effacer les traces d'une
réaction violente ; rendre à la France ce que
Dieu lui a donné, la rive gauche du Rhin.

A cela deux obstacles.

Un obstacle matériel, la Prusse. Mais la
Prusse comprendra tôt ou tard que, pour

qu'un état soit fort il faut que toutes ses parties soient soudées entre elles ; que l'homo-
généité vivifie, et que le morcellement tue ;
qu'elle doit tendre à devenir le grand
royaume septentrional de l'Allemagne ; qu'il
lui faut des ports libres, et que, si beau que
soit le Rhin, l'Océan vaut mieux.

D'ailleurs, dans tous les cas, elle garderait
la rive droite du Rhin.

Un obstacle moral, les défiances que la
France inspire aux rois européens, et par
conséquent la nécessité apparente de l'amoindrir. Mais c'est là précisément qu'est le péril.
On n'amoindrit pas la France, on ne fait que
l'irriter. La France est dangereuse. Calme,
elle procède par le progrès ; courroucée, elle
peut procéder par les révolutions.

Les deux obstacles s'évanouiront.

Comment ? Dieu le sait. Mais il est certain
qu'ils s'évanouiront.

Dans un temps donné, la France aura sa
part du Rhin et ses frontières naturelles.

Cette solution constituera l'Europe, sauvera
la sociabilité humaine et fondera la paix définitive.

Tous les peuples y gagneront. L'Espagne,
par exemple, qui est restée illustre, pourra
redevenir puissante. L'Angleterre voudrait
faire de l'Espagne le marché de ses produits,
le point d'appui de sa navigation ; la France
voudrait faire de l'Espagne la sœur de son in-

fluence, de sa politique et de sa civilisation.
Ce sera à l'Espagne de choisir ; continuer de
descendre, ou commencer à remonter ; être
une annexe à Gibraltar, ou être le contrefort
de la France.

L'Espagne choisira la grandeur.

Tel est, selon nous, pour le continent entier, l'inévitable avenir, déjà visible et distinct dans le crépuscule des choses futures.

Une fois le motif de haine disparu, aucun
peuple n'est à craindre pour l'Europe. Que
l'Allemagne hérisse sa crinière et pousse son
rugissement vers l'orient : que la France
ouvre ses ailes et secoue sa foudre vers l'occident. Devant le formidable accord du lion
et de l'aigle le monde obéira.

XVII

Qu'on ne se méprenne pas sur notre pensée ; nous estimons que l'Europe doit, à
toute aventure, veiller aux révolutions et se
fortifier contre les guerres. mais nous pen-
sons en même temps que, si aucun incident
hors des prévisions naturelles ne vient trou-
bler la marche majestueuse du dix-neuvième
siècle la civilisation, déjà sauvée de tant d'é-
cueils, ira s'éloignant de plus en plus chaque
jour de cette Charybde qu'on appelle révolution.

Utopie, soit. Mais qu'on ne l'oublie pas,

quand elles vont au même but que l'humanité, c'est-à-dire vers le bon, le juste et le
vrai, les utopies d'un siècle sont les faits du
siècle suivant. Il y a des hommes qui disent :
Cela sera ; et il y a d'autres hommes qui disent : Voici comment. La paix perpétuelle a
été un rêve jusqu'au jour où le rêve s'est fait
chemin de fer et a couvert la terre d'un réseau solide, tenace et vivant. Watt est le
complément de l'abbé de Saint-Pierre.

Autrefois, à toutes les paroles des philosophes, on s'écriait : Songes et chimères
qui s'en iront en fumée. — Ne rions plus
de la fumée : c'est elle qui mène le monde.

Pour que la paix perpétuelle fût possible
et devînt de théorie réalité, il fallait deux
choses : un véhicule pour le service rapide
des idées ; en d'autres termes, un mode de
transport uniforme, unitaire et souverain, et
une langue générale. Ces deux véhicules, qui
tendent à effacer les frontières des empires
et des intelligences, l'univers les a aujour-
d'hui ; le premier, c'est le chemin de fer ; le
second, c'est la langue française.

Tels sont au dix-neuvième siècle, pour
tous les peuples en voie de progrès, les deux
moyens de communication, c'est-à-dire de
civilisation, c'est-à-dire de paix. On va en
wagon et l'on parle français.

Le chemin de fer règne par la toute-puis-
sance de sa rapidité ; la langue française par

sa clarté, ce qui est la rapidité d'une langue,
et par la suprématie sérieuse de sa littérature.

Détail remarquable, qui sera presque in-
croyable pour l'avenir, et qu'il est impossible
de ne pas signaler en passant ; de tous les
peuples et de tous les gouvernements qui se
servent aujourd'hui de ces deux admirables
moyens de communication et d'échange, le
gouvernement de la France est celui qui paraît s'être le moins rendu compte de leur
efficacité. A l'heure où nous parlons, la
France a à peine quelques lieues de chemin
de fer. En 1837, on a donné un petit railway
comme un joujou à ce grand enfant qui se
nomme Paris ; et pendant quatre ans on s'en
est tenu là. Quant à la langue française,
quant à la littérature française, elle brille et
resplendit pour tous les gouvernements et
pour toutes les nations, excepté pour le gouvernement français. La France a eu et la
France a encore la première littérature du
monde. Aujourd'hui même, nous ne nous
lasserons pas de le répéter, notre littérature
n'est pas seulement la première ; elle est la
seule. Toute pensée qui n'est pas la sienne
s'est éteinte ; elle est plus vivante et plus
vivace que jamais. Le gouvernement actuel
semble l'ignorer, et se conduit en consé-
quence ; et c'est là, nous le lui disons avec
une profonde bienveillance et une sincère

sympathie, une des plus grandes fautes qu'il ait commises depuis onze ans. Il est temps qu'il ouvre les yeux ; il est temps qu'il se préoccupe, et qu'il se préoccupe sérieusement, des nouvelles générations, qui sont littéraires aujourd'hui comme elles étaient militaires sous l'empire. Elles arrivent sans colère, parce qu'elles sont pleines de pensées, elles arrivent la lumière à la main ; mais qu'on y songe, nous l'avons dit tout à l'heure en d'autres termes, ce qui peut éclairer peut aussi incendier. Qu'on les accueille donc et qu'on leur donne leur place. L'art est un pouvoir ; la littérature est une puissance. Or il faut respecter ce qui est pouvoir, et ménager ce qui est puissance.

Reprenons. Dans notre pensée donc, si l'avenir amène ce que nous attendons, les chances de guerre et de révolution iront diminuant de jour en jour. A notre sens, elles ne disparaîtront jamais tout à fait. La paix universelle est une hyperbole dont le genre humain suit l'asymptote.

Suivre cette radieuse asymptote, voilà la loi de l'humanité. Au dix-neuvième siècle toutes les nations y marchent ou y marcheront, même la Russie, même l'Angleterre.

Quant à nous, à la condition que l'Europe centrale fût constituée comme nous l'avons indiqué plus haut, nous sommes de ceux qui verraient sans jalousie et sans inquiétude la

Russie, que le Caucase arrête en ce moment,
faire le tour de la mer Noire, et comme jadis
les Turcs, ces autres hommes du nord, arriver
de Constantinople par l'Asie Mineure. Nous
l'avons dit, la Russie est mauvaise à l'Europe
et bonne à l'Asie. Pour nous elle est obscure,
pour l'Asie elle est lumineuse ; pour nous elle
est barbare, pour l'Asie elle est chrétienne.
Les peuples ne sont pas tous éclairés au même
degré et de la même façon ; il fait nuit en
Asie, il fait jour en Europe. La Russie est
une lampe.

Qu'elle se tourne donc vers l'Asie, qu'elle
y répande ce qu'elle a de clarté, et, l'empire
ottoman écroulé, grand fait providentiel qui
sauvera la civilisation, qu'elle rentre en
Europe par Constantinople. La France réta-
blie dans sa grandeur verra avec sympathie
la croix grecque remplacer le croissant sur le
vieux dôme byzantin de Sainte-Sophie. Après
les Turcs, les Russes ; c'est un pas.

Nous croyons que le noble et pieux empereur qui conduit, au moment où nous
sommes, tant de millions d'habitants vers de
si belles destinées, est digne de faire ce
grand pas ; et, quant à nous, nous le lui sou-
haitons sincèrement. Mais, qu'il y songe, le
traitement cruel qu'a subi la Pologne peut
être un obstacle à son peuple dans le présent
et une objection à sa gloire devant la posté-
rité. Le cri de la Grèce a soulevé l'Europe

contre la Turquie. Ceci est pour l'empire. Le
Palatinat a terni Turenne. Ceci est pour
l'empereur.

Quand on approfondit le rôle que joue
l'Angleterre dans les affaires universelles et
en particulier sa guerre tantôt sourde, tantôt
flagrante, mais perpétuelle, avec la France, il
est impossible de ne pas songer à ce vieil
esprit punique qui a si longtemps lutté contre
l'antique civilisation latine. L'esprit punique,
c'est l'esprit de marchandise, l'esprit d'aventure, l'esprit de navigation, l'esprit de lucre,
l'esprit d'égoïsme, et puis c'est autre chose
encore, c'est l'esprit punique. L'histoire le
voit poindre au fond de la Méditerranée, en
Phénicie, à Tyr et à Sidon. Il est antipathique
à la Grèce, qui le chasse. Il part, longe la
côte d'Afrique, y fonde Carthage, et de là
cherche à entamer l'Italie. Scipion le combat,
en triomphe, et croit l'avoir détruit. Erreur !
le talon du consul n'a écrasé que des murailles ; l'esprit punique a survécu. Carthage
n'est pas morte. Depuis deux mille ans elle
rampe autour de l'Europe. Elle s'est d'abord
installée en Espagne, où elle semble avoir
retrouvé dans sa mémoire le souvenir phéni-
cien du *monde perdu;* elle a été chercher
l'Amérique à travers les mers, s'en est emparée, et, nous avons vu comment, crénelée
dans la péninsule espagnole, elle a saisi un
moment l'univers entier. La Providence lui a

fait lâcher prise. Maintenant elle est en Angleterre ; elle a de nouveau enveloppé le
monde, elle le tient et elle menace l'Europe.
Mais, si Carthage s'est déplacée, Rome s'est
déplacée aussi. Carthage l'a retrouvée vis-
à-vis d'elle, comme jadis, sur la rive opposée.
Autrefois Rome s'appelait *Urbs*, surveillait
la Méditerranée et regardait l'Afrique ; aujourd'hui Rome se nomme Paris, surveille
l'Océan et regarde l'Angleterre.

Cet antagonisme de l'Angleterre et de la
France est si frappant, que toutes les nations
s'en rendent compte. Nous venons de le représenter par Carthage et Rome ; d'autres
l'ont exprimé différemment, mais toujours
d'une manière frappante et en quelque sorte
visible. *L'Angleterre est le chat*, disait le
grand Frédéric, *la France est le chien. En
droit*, dit le légiste Houard, *les Anglais sont
des Juifs, les Français des Chrétiens.* Les
sauvages mêmes semblent sentir vaguement
cette profonde antithèse des deux grandes
nations policées. *Le Christ*, disent les Indiens
de l'Amérique, *était un Français que les
Anglais crucifièrent à Londres. Ponce-
Pilate était un officier au service de l'Angleterre.*

Eh bien, notre foi à l'inévitable avenir est
si religieuse, nous avons pour l'humanité de
si hautes ambitions et de si fermes espé-
rances, que, dans notre conviction, Dieu ne

peut manquer un jour de détruire, en ce qu'il a de pernicieux du moins, cet antagonisme des deux peuples, si radical qu'il semble et qu'il soit.

Infailliblement, ou l'Angleterre périra sous la réaction formidable de l'univers, ou elle comprendra que le temps des Carthages n'est plus. Selon nous, elle comprendra. Ne fût-ce qu'au point de vue de la spéculation, la foi punique est une mauvaise enseigne ; la perfidie est un fâcheux prospectus. Prendre constamment en traître l'humanité entière, c'est dangereux ; n'avoir jamais qu'un vent dans sa voile, son intérêt propre, c'est triste ; toujours venir en aide au fort contre le faible, c'est lâche ; railler sans cesse ce qu'on appelle la *politique sentimentale*, et ne jamais rien donner à l'honneur, à la gloire, au dévouement, à la sympathie, à l'amélioration du sort d'autrui, c'est un petit rôle pour un grand peuple. L'Angleterre le sentira.

Les îles sont faites pour servir les continents, non pour les dominer ; les navires sont faits pour servir les villes, qui sont le premier chef-d'œuvre de l'homme, le navire n'est que le second. La mer est un chemin, non une patrie. La navigation est un moyen, non un but ; surtout elle n'est pas son propre but à elle-même. Si elle ne porte pas la civilisation, que l'Océan l'engloutisse.

Que le réseau des innombrables sillages de

toutes les marines se joigne et se soude bout
à bout au réseau de tous les chemins de fer
pour continuer sur l'Océan l'immense circu-
lation des intérêts, des perfectionnements et
des idées ; que par ces mille veines la sociabilité européenne se répande aux extrémités
de la terre, que l'Angleterre même ait la première de ces marines pourvu que la France
ait la seconde, rien de mieux. De cette façon
l'Angleterre suivra sa loi tout en suivant la
loi générale. De cette façon, le principe vivi-
fiant du globe sera représenté par trois nations, l'Angleterre, qui aura l'activité com-
merciale, l'Allemagne, qui aura l'expansion
morale, la France, qui aura le rayonnement
intellectuel.

On le voit, notre pensée n'exclut personne.
La Providence ne maudit et ne déshérite
aucun peuple. Selon nous, les nations qui
perdent l'avenir le perdent par leur faute.

Désormais, éclairer les nations encore obscures, ce sera la fonction des nations éclairées. Faire l'éducation du genre humain, c'est
la mission de l'Europe.

Chacun des peuples européens devra con-
tribuer à cette sainte et grande œuvre dans
la proportion de sa propre lumière. Chacun
devra se mettre en rapport avec la portion de
l'humanité sur laquelle il peut agir. Tous ne
sont pas propres à tout.

La France, par exemple, saura mal colo-

niser et n'y réussira qu'avec peine. La civilisation complète, à la fois délicate et pensive,
humaine en tout, et, pour ainsi parler, à
l'excès, n'a absolument aucun point de contact avec l'état sauvage. Chose étrange à dire
et bien vraie pourtant, ce qui manque à la
France en Alger, c'est un peu de barbarie.
Les Turcs allaient plus vite, plus sûrement et
plus loin ; ils savaient mieux couper des têtes.

La première chose qui frappe le sauvage,
ce n'est pas la raison, c'est la force.

Ce qui manque à la France, l'Angleterre
l'a ; la Russie également.

Elles conviennent pour le premier travail
de la civilisation ; la France pour le second.
L'enseignement des peuples a deux degrés,
la colonisation et la civilisation. L'Angleterre
et la Russie coloniseront le monde barbare ;
la France civilisera le monde colonisé.

XVIII

Qu'on nous permette en terminant de dé-
placer un peu, pour donner passage à une
réflexion dernière, le point de vue spécial
d'où cet aperçu a été consciencieusement
tracé. Si grandes et si nobles que soient les
idées qui font les nationalités et qui groupent
les continents, on sent pourtant, quand on
les a parcourues, le besoin de s'élever encore
plus haut et d'aborder quelqu'une de ces lois

générales de l'humanité qui régissent aussi
bien le monde moral que le monde matériel,
et qui fécondent, en s'y superposant çà et là,
les idées nationales et continentales.

Rien dans ce que nous allons dire ne dément et n'infirme, tout au contraire corrobore
ce que nous venons de dire dans les pages
qu'on a lues. Seulement nous embrassons
cela et autre chose encore. C'est, avant de
finir, un dernier conseil qui s'adresse aux
esprits spéculatifs et métaphysiques aussi
bien qu'aux hommes pratiques. En montant
d'idée en idée nous sommes arrivé au
sommet de notre pensée ; c'est, avant de re-
descendre, un dernier coup d'œil sur cet horizon élargi. Rien de plus.

Autrefois, du temps où vivaient les anti-
ques sociétés, le midi gouvernait le monde,
et le nord le bouleversait ; de même, dans un
ordre de faits différent, mais parallèle, l'aristocratie, riche, éclairée et heureuse, menait
l'État, et la démocratie, pauvre, sombre et
misérable, le troublait. Si diverses que soient
en apparence, au premier coup d'œil, l'histoire extérieure et l'histoire intérieure des
nations depuis trois mille ans, au fond de ces
deux histoires il n'y a qu'un seul fait, la lutte
du malaise contre le bien-être. A de certains
moments les peuples mal situés dérangent
l'ordre européen, les classes mal partagées
dérangent l'ordre social. Tantôt l'Europe,

tantôt l'État, sont brusquement et violemment attaqués, l'Europe par ceux qui ont froid, l'État par ceux qui ont faim, c'est-à-dire l'une par le nord, l'autre par le peuple. Le nord procède par invasions, et le peuple par révolutions. De là vient qu'à de certaines époques la civilisation s'affaisse et disparaît momentanément sous d'effrayantes irruptions de barbares, venant les unes du dehors, les autres du dedans ; les unes accourant vers le midi du fond du continent, les autres montant vers le pouvoir du bas de la société. Les intervalles qui séparent ces grandes, et disons-le, ces fécondes quoique douloureuses catastrophes, ne sont autre chose que la mesure de la patience humaine marquée par la Providence dans l'histoire. Ce sont des chiffres posés là pour aider à la solution de ce sombre problème : Combien de temps une portion de l'humanité peut-elle supporter le froid ? Combien de temps une portion de la société peut-elle supporter la faim ?

Aujourd'hui pourtant il semble s'être révélé une loi nouvelle, qui date, pour le premier ordre de faits, de l'abaissement de la monarchie espagnole, et, pour le second, de la transformation de la monarchie française. On dirait que la Providence, qui tend sans cesse vers l'équilibre et qui corrige par des amoindrissements continuels les oscillations

trop violentes de l'humanité, veut peu à peu
retirer aux régions extrêmes dans l'Europe
et aux classes extrêmes dans l'État cet étrange
droit de voie de fait qu'elles s'étaient arrogé
jusqu'ici, les unes pour tyranniser et pour
exclure, les autres pour agiter et pour détruire. Le gouvernement du monde semble
appartenir désormais aux régions tempérées
et aux classes moyennes. Charles-Quint a été
le dernier grand représentant de la domination méridionale, comme Louis XIV le dernier grand représentant de la monarchie
exclusive. Cependant, quoique le midi ne
règne plus sur l'Europe, quoique l'aristocratie ne règne plus sur la société, ne l'oublions pas, les classes moyennes et les nations
intermédiaires ne peuvent garder le pouvoir
qu'à la condition d'ouvrir leurs rangs. Des
masses profondes sommeillent et souffrent
dans les régions extrêmes et attendent, pour
ainsi dire, leur tour. Le nord et le peuple
sont les réservoirs de l'humanité. Aidons-les
à s'écouler tranquillement vers les lieux, vers
les choses et vers les idées qu'ils doivent fé-
conder. Ne les laissons pas déborder.
Offrons, à la fois par prudence et par devoir,
une issue large et pacifique aux nations mal
situées vers les zones favorisées du soleil, et
aux classes mal partagées vers les jouis-
sances sociales. Supprimons le malaise partout ; ce sera supprimer les causes de guerres

dans le continent et les causes de révolutions dans l'État. Pour la politique intérieure comme pour la politique extérieure, pour les nations entre elles comme pour les classes dans le pays, pour l'Europe comme pour la société, le secret de la paix est peut-être dans un seul mot : donner au nord sa part de midi, et au peuple sa part de pouvoir.

Paris, écrit en juillet 1841.

FIN

ÉMILE COLIN. — Imprimerie de Lagny.

UN DES PLUS GRANDS SUCCÈS
de la Librairie Moderne

Près de quatre millions de volumes répandus sur tout le globe
depuis l'apparition de cette Bibliothèque économique.

AUTEURS CÉLÈBRES
à 60 centimes le volume.

Le but de la collection des *Auteurs célèbres* est de mettre entre toutes les
mains de bonnes éditions des meilleurs écrivains modernes et contemporains.
Sous un format commode et pouvant en même temps tenir une belle place
dans toute bibliothèque, il paraît chaque quinzaine un volume

CHAQUE OUVRAGE EST COMPLET EN UN VOLUME

En jolie reliure spéciale à la collection 1 fr. le volume.
(Envoi franco contre mandat ou timbres-postes)

AVIS DE L'ÉDITEUR

Le but de la collection des *Auteurs célèbres*, à **60** *centimes* le volume, est de mettre entre toutes les mains de bonnes éditions des meilleurs écrivains modernes et contemporains.

Sous un format commode et pouvant en même temps tenir une belle place dans toute bibliothèque, il paraît chaque quinzaine un volume.

CHAQUE OUVRAGE EST COMPLET EN UN VOLUME

POUR LES N°ˢ 1 A 180, DEMANDER LE CATALOGUE SPÉCIAL.

19ᵉ SÉRIE.

N°ˢ 181. ÉMILE ZOLA, **Madeleine Férat.**
182. PAUL MARGUERITTE, **La Confession posthume.**
183. PIERRE ZACCONE, **Seuls !**
184. BEAUTIVET, **La Maîtresse de Mazarin.**
185. ÉDOUARD LOCKROY, **L'Ile révoltée.**
186. ALEXIS BOUVIER, **Les Petites Blanchisseuses.**
187. ARSÈNE HOUSSAYE, **Julia.**
188. ALEXANDRE POTHEY, **La Fève de Saint-Ignace.**
189. ADOLPHE BELOT, **Le Parricide.**
190. EUGÈNE CHAVETTE, **Le Procès Pictompin.**

20ᵉ SÉRIE.

N°ˢ 191. PIERRE BRÉTIGNY, **La Petite Gabi.**
192. ALEXANDRE DUMAS, **Les Massacres du ?**
193. RENÉ DE PONT-JEST, **Divorcée.**
194. P. GINISTY, **La Seconde Nuit** (roman bouffe).
Préface par ARMAND SILVESTRE.
195. PIERRE MAËL, **Pilleur d'Épaves** (mœurs maritimes).
196. CATULLE MENDÈS, **Jupe Courte.**
197. NIKOLAÏ GOGOL, **Tarass Boulba.**
198. CH. CHINCHOLLE, **Le Vieux Général.**
199. PIERRE NEWSKY (DE CORVIN), **Le Fauteu**
200. LOUIS JACOLLIOT, **Les Chasseurs d'Es**

En jolie reliure spéciale à la collection **1 fr.** le

(ENVOI FRANCO CONTRE MANDAT OU TIMBRES-POSTE

PARIS. — IMP. MARPON ET FLAMMARION, RUE RACINE, 26.

www.ingramcontent.com/pod-product-compliance
Lightning Source LLC
Chambersburg PA
CBHW070506030726
47503CB00004B/1184